Vittorio Degli Esposti

Un Sussurro di brezza leggera

EDITUTTO

Progetto e realizzazione grafica **Renna Graphic**
renna.graphic@libero.it

Edito da:
EDITUTTO Piazza Volta, 7 - Bologna

Stampa:
Tipolito Cattabriga Via del Lavoro, 13 - Pianoro (Bo)

Prefazione

Scriverai ancora, Vittorio. Ancora e ancora. Altri ricordi affioreranno alla memoria, altri volti si staglieranno nitidi per arricchire quella galleria di personaggi che ogni vita ricca come la tua si porta appresso. Ma, ad ogni riga che fluirà dalla tua penna, tornerai con il pensiero a questi mesi. Mesi in cui abbiamo visto prendere forma e crescere un progetto che ci coinvolgeva con un'intensità inusitata. Tu ad arricchire il tuo scritto, a limarlo con quella cura certosina che merita un'opera prima, io a seguirti, passo passo, per darti forza e coraggio ma anche per tranquillizzarti. Quante volte ho respirato il tuo assillo di non risultare pedante o retorico, quante volte ho notato, in una correzione, l'autocritica, necessaria e fondamentale, dello scrittore che cerca di asciugare, di non indulgere nel compiacimento estetico.

Parlavamo di memoria, caro Vittorio. Che dono immenso poter mettere in moto questa macchina del tempo che, ad ogni istante, regala squarci di vita vissuta, lampi di immensità, quasi reali profumi e piacevolezze tattili. E quanto ancora più preziosa è la memoria quando riesce a riportare in vita persone che si sono incamminate lungo strade ben più complesse e impor-

tanti delle nostre, quando ricostruisce sentieri, boschi, pugni di case dove la vita pulsava e oggi riposa, dolce, il silenzio. Non c'è rimpianto nelle tue pagine, non alberga il rimorso nelle tue parole. Hai fatto quello che dovevi fare, nel privato e nella vita professionale, hai amato con quell'amore che è intessuto di partecipazione, di gratuità, un ponte nei due sensi di marcia, come ami ricordare anche per l'amicizia. Quella vera, quella che passa attraverso le stagioni e ne esce rinvigorita. Una forza propulsiva e non nostalgica, dove contano i bei momenti trascorsi insieme, anche brevi ma comunque irripetibili, e non la quantità degli incontri, troppo spesso, al giorno d'oggi, banalmente degradati a semplici riempitivi di una vita che troviamo arida e superficiale.
Hai scritto, Vittorio, in un'età che, come ami ricordare ai tuoi lettori e a me per primo, è la più bella di tutte. Gli anni in cui non ci sono più rincorse, in cui si guarda il tutto da un osservatorio privilegiato e distaccato. "Si può assaporare la dolcezza del tempo che scorre – ci fai osservare – quasi in un limbo, tra passato e futuro che attende". Il tuo essere distaccato è solo finzione letteraria, ricorda, perché non c'è riga, non c'è capoverso senza una partecipazione totale agli accadimenti, alle persone, a quegli affanni vissuti e mai spenti. I sentimenti di gioia, di amore e di dolore (sì, c'è anche dolore in questo 'Sussurro', ma un dolore che, poco a poco, riesce a trasformarsi miracolosamente in gioia, come accade nel momento della dipartita di tuo padre) non sono realtà fugaci, sottolinei con efficacia, non si estinguono col loro placarsi. Rimangono per sempre, nella memoria del tempo. Rimangono veri e immutati, realtà immateriali e non più corruttibili.

L'invidia è una brutta bestia, Vittorio. Un tarlo che ti assale e che non dà requie. E molti ti invidieranno dopo aver letto queste pagine. Chi non vorrebbe, infatti, ricostruire il proprio passato condendolo, qua e là, con alcuni tuoi momenti di serenità assoluta, con un'infanzia all'insegna dell'energia e dell'entusiasmo, ma anche costantemente rasserenata dalla presenza vigile di genitori affettuosi e comprensivi? Come non invidiarti quando, ricordando tua madre, la raffiguri nel gesto di accompagnarti per mano, tra le cime alte del granturco che fanno da orizzonte al cielo, lungo quella cavedagna fatta di polvere bianca, intiepidita dal sole? "Le ruote ferrate dei carri – scrivi in uno dei passaggi più felici del libro – avevano reso morbida la strada come talco, in un tramonto lontano, indefinito, delle nostre vite".

Chi ci seguirà, pagina dopo pagina, dovrà fare i conti con Fondamento, palcoscenico di un'infanzia felice e irripetibile, ma anche luogo dell'anima. Punto di partenza e di ritorno. Difficile, se non impossibile, da trovare su Internet o anche sulle mappe più dettagliate, ma sicuramente più importante, nell'economia di un'intera esistenza, di tante e più tentacolari città. Quattro case in croce, quelle di Fondamento, che sembrano il frutto di una fantasia prolifica. Un po' come Macondo, mitico villaggio sperduto tra le paludi che rese immortale la prosa di Garcia Marquez in Cent'anni di solitudine.

"Realismo magico", lo definirono i critici, quello del Premio Nobel colombiano, che mostra un microcosmo arcano in cui la linea di demarcazione fra vivi e morti non è più così nitida e in cui ai vivi è dato il dono tragico della chiaroveggenza. I ragazzi 'bolognesi' di

Fondamento hanno la guerra alle spalle, anche se sono stati i loro genitori a pagarne il salato costo. E proprio per allontanare il dramma appena vissuto, per esorcizzare lo spettro di un evento che, nel racconto dei grandi, ha assunto le sembianze di un tempo senza luce e senza gioia, i 'cinni', come li chiamiamo da queste parti, trascorrono le giornate intensamente compresi nel presente, un oggi fatto di scoperte, di momenti di smarrimento di fronte all'immensità dei prodigi naturali che li circondano, di relazioni che cominciano a formarsi, di innamoramenti che durano lo spazio di un mattino ma che andranno poi a sedimentarsi tenacemente nel novero dei ricordi.

Tornando, anni dopo, in quei luoghi, lungo quei sentieri, riassaporando quelle atmosfere antiche hai provato, Vittorio, quasi una fitta. Intensa, difficile da descrivere, forse prevedibile. Non hai battuto ciglio, non ne hai fatto parola con nessuno, ma dentro di te è cresciuta, improvvisa e prorompente, la voglia di mettere tutto quello che provavi, che ricordavi, su carta. Quasi un lenitivo a quella sottile pena che pervadeva tutto il tuo essere e nella quale, però, ti crogiolavi. Perché la sofferenza del momento portava nuove e inaspettate, il più delle volte piacevoli, sensazioni. Lì riaffiorava alla memoria il volto di un amico, là ti stupivi nell'impressione di riascoltare la risata sincera di un compagno di avventure e scoperte. Ed eccoti la sera, al tavolo da lavoro, la casa affondata nel sonno ristoratore, mentre cerchi di afferrare il bandolo di una matassa che si fa sempre più difficile da dipanare tante sono le facce da raccontare, quasi da scolpire nelle tue pagine. Giorni e notti che non torneranno, come non si riaccenderanno, identici, i falò delle tue estati giovanili. Dove gli adulti giocavano, ballando, a fare i ragazzini e dove voi imitavate, sotto la luna, le gesta dei grandi campioni del pallone. Per fortuna la tua memoria ha fotografato tutto, nulla è andato perso. Per tramandarlo a chi ti seguirà, per condividerlo con quegli stessi amici di un tempo, oggi maturi ed affermati professionisti.

Molto ancora scriverai, Vittorio, come ti ricordavo all'inizio. Ma già in questo primo "Sussurro" (scusami per la familiarità con cui tratto la tua opera ma, come editore, il tuo scritto è entrato a far parte della mia vita, arricchendo anche il mio attuale modo di sentire e di percepire le cose) hai voluto gettare il seme del dubbio, ingarbugliando, di fatto, alcune nostre convinzioni. Tu ed io sappiamo bene da dove veniamo e perché. Ce lo siamo chiesti tante volte, abbiamo, da subito, smesso di credere nel caso, per abbandonarci alle certezze della nostra fede. Non allontaniamo però, dai nostri passi, chi non ha avuto altrettanta fortuna. Anzi, torniamo a porci nuovamente le domande di sempre, all'insegna dei 'perché' che potrebbero avvicinarci all'eterno.

Il mistero dell'essere appare irresolubile, tu dici. Ed io condivido che proprio i dubbi e le incertezze rappresentano 'il momento fecondo della ricerca', l'istante prezioso dell'intuizione che saggia l'incognito.

Non ti sei limitato a scrivere, Vittorio, in questo "Sussurro". Hai voluto regalarci anche, tangibilmente, quello che il tuo sguardo ha colto nel tornare e ritornare dalle parti di Fondamento. Una 'scrittura' graficamente essenziale, a tratti morandiana. Leggera ma intensa, toccante come le tue parole, fluida come può esserlo l'opera di una persona ispirata.

Il tuo Editore

Ai miei figli
e alle loro famiglie
nella serena teoria
degli anni che verranno

A volte, il caso

Nel dare alle stampe questo libriccino, ripenso alla casualità che ha favorito questo momento. Tutti i miei fogli sarebbero stati fermi, molto probabilmente, a riposare a lungo in un cassetto, tirati fuori saltuariamente per aggiungere una frase, una pagina, o cambiare una parola soltanto.
Per puro caso, dunque, incontrai Fabio Raffaelli ed incidentalmente gli accennai alla mia segreta intima soddisfazione di descrivere i miei giorni d'infanzia.
Nemmeno Anna mia moglie, aveva accesso a quelle carte. Quando mi raggiungeva alle spalle e gettava lo sguardo ai miei fogli, coprivo con la mano lo scritto, quasi a proteggere l'idea non ancora formata; sbirciava qualcosa quando poteva, quando lasciavo qualche foglio sul tavolo.
Così Fabio Raffaelli, che qui infinitamente ringrazio, con la sua amabile e coinvolgente capacità organizzativa innata, e soprattutto con la sua professionalità e sensibilità non comune, maturata col suo lavoro, ha tratto dal mio cassetto questo materiale.
Una delle sue doti è quella di saper scioglier i nodi, appianare i problemi, risolvendoli con la massima semplicità e naturalezza, con soluzioni creative.
Il caso ha dunque voluto che ci parlassimo, che nascesse e si concretizzasse così l'idea di una pubblicazione.

Premessa

La nostra vita, preziosa unica e irripetibile, ci è cara, e la percepiamo ad ogni istante come se fosse duratura e non dovesse mai finire.

E' un sentimento sommesso, una vaga intuizione, che accompagna, quasi inavvertita, i nostri passi quotidiani, forse ispirata dal nostro istinto di autoconservazione, o anche da qualcosa di più profondo.

Quando poniamo maggior attenzione a questo nostro sentire, può riaffiorare la domanda indistinta e lontana, propria dell'età giovanile, sul mistero e il perché della vita.

Noi guardiamo la realtà del mondo, ma non riusciamo a comprendere il perché della nostra esistenza.

In ogni aspetto della realtà, nella bellezza, nella perfezione matematica dell'universo, nell'amore, nella capacità creativa dei nostri pensieri, in tutto il nostro vivere, c'è soltanto un unico sussurro che li sottende e che vorrebbe parlarci del mistero della vita.

Il cammino, verso questo mistero, dura tutto l'arco della nostra esistenza, dalla fanciullezza, all'età matura e progredisce ancora nell'età più tarda. Nel tempo della fanciullezza, nel "*tempo della vita innanzi*", la bellezza e l'autenticità del contatto vero con la natura di boschi e di acque correnti, di albe e di tramonti, suggeriscono già, all'animo fanciullo, la presenza di un mistero remoto e benevolo.

Il "*tempo della vita*", invece, è fatto soprattutto di relazioni tra le persone con le loro vicissitudini, gli affetti, gli eventi tristi e felici, i dolori e le gioie, e quell'interrogativo giovanile si fa più maturo.

L'uomo vive più distintamente quel sussurro di un mistero lontano che tuttavia non dà smarrimento al suo cuore.

La mente dell'uomo è portata ad una razionalità dai connotati perfetti, di tipo fisico matematico e di logica stringente. L'uomo trascura e non dà valore ad un aspetto sensibile e finissimo della sua ragione: l'intuizione.

Essa è una sfaccettatura della ragione umana.

L'intuizione, che si affaccia di sorpresa, come un'idea ancora sfuocata, come un chiarimento inatteso e ancora abbozzato alla mente, appartiene già al dominio della razionalità.

In essa c'è l'apporto di un contenuto nuovo, ossia c'è l'impronta della creatività dei nostri pensieri.

È a volte fallace e fuorviante, molto spesso ingannatrice - fallace e fragile proprio perché eccelsa - tuttavia raggiunge i risultati ed i traguardi più lontani e inarrivabili rispetto a tutti gli altri strumenti del pensiero e della logica.

Questo aspetto della ragione umana, ne è la vetta più alta e sensibile, e con i suoi contorni a volte indefiniti, è l'istante più prezioso che possa mai vivere la mente dell'uomo.

Essa è sì un flebile intendimento, ma è anche la base dalla quale è sorto e passato tutto lo scibile umano. Tutto è stato inizialmente intuizione.
Soltanto lei è in grado di varcare per prima il confine che separa il terreno del noto da quello inesplorato dell'incognito.
Precede sempre la scoperta.
Il grido "eureka" è scattato dopo l'intuizione.
Tutto è stato, inizialmente, intuizione, ed essa è forse il senso più acuto ed unico per accostarsi al mistero della nostra esistenza, di fronte al quale non ci sono dimostrazioni percorribili; troppo grande è il mistero che ci si oppone.
Possiamo solo applicare questa nostra facoltà, la quintessenza della nostra ragione.
Una vaga percezione, forse fallace, forse ingannatrice, di una vita imperitura senza fine, accompagna i nostri passi quotidiani oltre il tempo.

Il tempo della vita innanzi, la bellezza.

Con la bellezza ci rapportiamo al mondo,
in una specie di innamoramento.

San Luca

La visione familiare all'orizzonte, della fuga dei colli bolognesi, modulati di prati declivi e macchie incolte, mostrava l'immagine serena di San Luca, baciata dal tiepido sole ed appuntita, ad indicare il cielo.
E quell'azzurro tenue, che sfumava all'orizzonte in lontananza, era un invito ai pensieri, ai ricordi dell'infanzia e della prima adolescenza, a seguir quello spazio, verso meridione, oltre i profili dei colli, a ritrovar montagne alte, un poco austere, lontane, sul confine toscano.
Là una bella valle aperta al cielo, accoglieva le acque correnti del fiume Reno, nel greto sassoso, saltellanti garrule e scintillanti al sole, alla confluenza col torrente Limentra.
Da quei corsi d'acqua lo sguardo vedeva tutt'attorno monti, dai crinali formati e maestosi ricoperti da un mantello verde di boschi, sconfinati, fino alle vette.
I casolari sparsi, pallidi e curiosi tra il verde, i piccoli paesi, coi loro campanili, lo spazio luminoso che ancor più vasto facevano talvolta scampanii

lontani, infondevano meraviglia di pace nell'animo bambino.
Là trascorremmo le prime vacanze estive di un anno lontano, imprecisato, della mia cara infanzia.
Prendemmo alloggio in un piccolo gruzzolo di case, isolate tra il bosco, sul fianco del monte che chiudeva la valle.
Quelle poche case, che sarebbero poi divenute un punto caro di riferimento negli anni a venire, era il paesino di Fondamento.
Per raggiungere quel luogo dal fondovalle, l'unica via di accesso era, a quei tempi, soltanto una mulattiera, non lunga e non corta, ben lastricata con pietre grosse spaccate di fiume che si apriva tra gli alberi e i sottili profumi delle piante, nell'aria pura del bosco.
Ci accompagnò, la prima volta, un omino del posto, senza età, magro e secco secco come una castagna di quei luoghi. Lallo era il suo nomignolo, dal suono toscaneggiante.
Lallo.
Non ricordo di averlo mai più rivisto da quella volta in poi.
Tornavano così le immagini e l'amore per quel luogo d'infanzia, per quelle poche case, mentre lo sguardo indugiava a lungo sull'orizzonte e sui profili delle colline, e l'animo andava ricercando e accarezzando ricordi di vita, dell'infanzia lontana.

Fondamento

Fondamento era un piccolo nido di case, tutto circondato da un bosco antico di castagni, incastonato sulle primi pendici del monte Crocione, dove il pendio s'interrompeva a offrire un luogo quasi pianeggiante.
Case dai muri di sasso, comunicavano l'età antica del luogo e la severità della vita, nei tempi lontani.
Tra quelle pareti e nell'unica piccola corte, c'era il silenzio e la pace che il bosco d'appresso infondeva.
Lasciato Fondamento alle spalle e salendo, passo passo, per i sentieri inerpicati del bosco, si raggiungeva uno sperone della montagna, dove il respiro, più ampio, riposava nella sosta, l'animo e lo sguardo.
Da quel poggio, si vedevano i profili lontani dei monti.
Lontananze incantate, che sfumavano nell'azzurro del cielo e richiamavano un desiderio di vita.
Il paesino di Fondamento, osservato così dall'alto, in una prospettiva tutta nuova, faceva risalta-

re i tetti delle case, assolati dalla luce dell'estate. Tetti dai coppi rossi e case dai tetti scuri, di lastre di pietra. Già allora, al tempo della mia infanzia, Fondamento era mezzo vivo e mezzo abbandonato.

A tender l'udito, da quel poggio, nel silenzio del bosco, giungevano lievi dalle case i dolci rumori domestici, un po' frammentati, di una vita serena. Si scorgevano i passaggi tra le mura, gli 'stradelli', lastricati di pietre e ciottoli ben noti.

Se ritornassi oggi tra quelle mura, ritroverei quegli stessi viottoli, quelle stesse pietre, che sorvolai di corsa da ragazzo sereno.

Ritroverei le ore vissute, i risvegli antelucani per cercar funghi, i prati e gli steli d'erba imperlati di rugiada ai primi raggi del sole radente, i pomeriggi di pioggia che riposavano la vita.

Tornerebbero a me le dolci sere estive, le oziose sere, trascorse nel gradevole buio ovattato e nel pigro brusio delle voci, che indugiavano a lungo nei racconti favolosi di tempi passati.

Racconti favolosi ai bimbi, tutti raggruppati al belvedere innanzi alla valle, di storie vere, di briganti antichi, vissuti proprio lì a Fondamento, che assalivano i carri nella strada a valle, con archibusi a tromba, calzari di pelliccia, cappelli a pan di zucchero … e pentole ricolme di zecchini d'oro.

Ed i bambini attenti, a rinserrar le fila al fresco della notte, nel rimirare le luci dal brillio lontano laggiù nella vallata, stavano tutti vicini ed assiepati, come in piccionaia.

Ed altre ore rivivrei di festa e gioia nella piazzetta tutta illuminata per la battitura del grano, laboriosa, vociante e ritmata della trebbia.
Tornerebbe a me il ricordo del turbinio di bimbi, nel buio della sera, per giochi antichi, tra l'odore della paglia, l'incanto delle lucciole e nascondigli scuri.

Nel bosco

Acquaforte su rame. 250x180 mm. Morsura piana.

Nel bosco

Tornammo in quella casa amica, dalle piccole finestre montanare sulla facciata chiara, che l'ondeggiar dell'ombra delle fronde al mattino accarezzava, per tante estati ancora.

La pergola di vite sull'ingresso, le stanze sonore che scandivano i passi per i pavimenti di tavole di legno ed un profumo leggero persistente, a me gradito, facevano di quella casa il luogo confidente e amico e base di partenza delle avventure quotidiane, vissute nei pressi del paese, nell' età più tenera, e poi sempre più ardite col passar degli anni. Il bosco aveva i suoi segreti, i suoi sentieri assolati, bianchi di terra, silenziosi, tra gli alberi. I sentieri portavano a scoprire nuovi scenari e nuovi luoghi, terreni ombrosi e scoscesi, pettinati di erba folta e rigogliosa, piccole radure pianeggianti, nuovi arbusti, piante di mirtilli, felci più alte delle nostre persone, massi di roccia muscosi, abbandonati e dimenticati dal tempo.

Il silenzio del bosco richiedeva rispetto.

Si potevano scoprire timide vene d'acqua dove i pendii finivano in luoghi pianeggianti e ombro-

si; si potevano trovare, con gran meraviglia, nidi d'uccelli tra fronde intricate di rami. E le ampie vallate che mostravano a fronte montagne e distese di boschi sperduti, risuonavano delle nostre voci e di sibili acuti, lanciati a provocare l'eco e a possedere lo spazio.
Anche il fiume aveva i suoi segreti, nella vita celata, in quelle acque correnti argentine e trasparenti, che lasciavano vedere i sassi del fondo, coperti di alghe di color marroncino, illuminate dalla bella luce del sole, dove giovani vaironi si radunavano a gara a carpir le esche gettate.
Negli specchi di acqua profonda e verde del fiume, grandi massi sommersi sul fondo, facevano immaginare, con vago timore, tane nascoste e irraggiungibili, che proteggevano ombre fuggenti di trote, o visioni di grossi cavedani, che suscitavano la nostra impotente meraviglia.
Così trascorremmo felici vacanze estive, per molti anni, in quel gruzzolo di case, appollaiate là, a metà costa al monte, a dominare tutta la vallata, aperta verso nord.
Dal piccolo poggio panoramico, vicino alle case, chiamato 'La Madonnina Bianca', il panorama rasserenava l'animo, nella visione della vastità dello spazio.
Nel fondovalle si scorgeva a tratti il biancheggiare sassoso del fiume Reno ed il lento tracciato bruno della ferrovia che era stata per tanti decenni il collegamento unico tra Emilia e Toscana.
Era quella la ferrovia della Porrettana.
Entrava anch'essa, elemento importante, nel-

le nostre scorribande giornaliere. Era paurosa con le sue gallerie; era motivo di spensieratezza con le corse sul sentiero di terra battuta lungo la massicciata dai ciottoli scomodi e insicuri; era misteriosa con i suoi caselli abbandonati, dove le imposte verdi, sbarrate da gran tempo, erano testimonianza di una presenza umana passata e svanita, e dove l'erba e la verzura incolte erano quasi un'amorevole velo sulle vestigia umane.
Il binario severo, con le verghe lucide d'acciaio, incuteva timore, senso di proibito, e l'animo era sempre all'erta, per il possibile rullio pauroso e profondo di un treno possente che poteva apparire d'improvviso.

Attesa

La piccola stazione della ferrovia, laggiù nel fondovalle, tra i monti verdi dell'Appennino, ancora non era stata raggiunta dai primi raggi di sole del giorno che sorgeva.

In quel mattino, fresco d'estate, dal cielo terso e sereno, noi bambini, seduti alla panchina di legno, davanti al binario, sentivamo il disagio dell'aria pungente e del risveglio inusuale.

A oriente, dietro il profilo dei monti, il cielo si andava illuminando di meraviglia, per la sorpresa del sole.

E le pallide ville tra il verde, impreziosivano sparse i declivi, e quel dolce riposo, racchiuso, che svaniva nell'ora. Oltre la ferrovia, nella quiete dell'attesa, si percepiva il discreto sussurrio ciarliero del fiume, ancora fresco di sorgente, dalle acque trasparenti, dalle acque amate e avvolgenti in mille forme i massi levigati.

E gli alberi di giunco, sull'argine opposto, muovevano pigre, le argentee chiome, alla brezza dell'alba.

Ci portavano in gita a Firenze.

Firenze non era una città, era soltanto un nome nelle nostre menti.
In quei lunghi minuti di forzata quiete, coi pantaloncini corti , le scarpette a fibbia e i calzettini bianchi, si dondolavano le gambe sotto la panchina.
Ancora non veniva il treno.
Lente le chiome dei giunchi e le spinose acacie della ferrovia, portavano il pensiero alle ore trascorse, di ozio e giochi, tra i massi assolati e arroventati e le fresche acque del fiume.
Sapevamo di essere bambini.
Di avere la vita d'innanzi.
Lunga appariva, ai nostri sensi, la breve vita già trascorsa, e ancor più lunga quella a venire.
Quasi senza fine.

Spensierati

Quei giorni di vacanza, a Fondamento, quei mesi estivi, quegli anni trascorsi, erano vissuti nella spensieratezza più dolce di bambino e di adolescente.
I mesi estivi erano scanditi da ricorrenze, fiere paesane e riti che tornavano nel ricordo leggeri alla mente.
Verso la fine delle vacanze, il sei di settembre, c'era in tutta la vallata la festa dei falò; i falò di santa Filomena.
Verso sera, all'imbrunire, nel verde cupo delle montagne, si accendevano a gara, or qua or là a sorpresa, le alte lingue di fuoco dei falò, agili nello slancio della loro fiammata.
Si vedevano nella collina a fronte, la collina Di là dall'Acqua, alla Ca' Nova ; si scorgevano sul monte Granaglione, alla Pieve, alle Capanne ; e quando un nuovo falò compariva di sorpresa alzando la sua fiamma snella, si alzavano le esclamazioni di meraviglia dei piccoli, contagiati dalla frenesia del fuoco.
La festa era tutta soltanto nell'allegria dei visi,

nelle palme di mani aperte al calor delle fiamme, e nelle voci squillanti attorno al fuoco ardente … la più semplice delle gioie.
Si muovevano in fretta, sullo sfondo ormai scuro della sera, le figure dei fanciulli, alcuni più grandi altri più piccini, ed il guizzar veloce delle fiamme contagiava la loro frenesia.
Nessuno poteva mancare a quell'appuntamento. Il luogo destinato, tutti gli anni, a quell'evento era sulla strada stessa che portava a Fondamento ad un buon tiro di fionda dalle prime case, al poggio panoramico dei racconti serali.
Quel luogo era contrassegnato da un cippo che tutti gli anni veniva rinnovato col bianco candido della calce spenta ed al suo interno era custodita un'immagine sacra, che il tempo aveva reso scura per l'ottone ossidato.
Quel cippo, quel punto bianco, lo si vedeva bene da lontano, dalla vallata, lungo la strada che sale da Porretta a Ponte della Venturina, ed era quello il posto migliore per innalzare la fiamma felice del falò. Attorno al fuoco, che illuminava i visi, c'erano tutti, grandi e piccini.
C'era Piero, l'amico amico, dai capelli rossi, magro e segaligno, il più 'saggio', se quell'attributo si poteva dare ad un fanciullo della compagnia. Lui era bravo, col pallone ai piedi, nelle sfide calcistiche che vedevano contrapposte le contrade amiche, Ponte della Venturina contro Pàvana, Fondamento contro Ca' di Gori …
Impersonava Yanez de Gomera nelle avventure nutrite di sola fantasia e nelle scorribande tra

i boschi. A gettar nuovi pezzi di legna nel falò c'era Ferruccio, assieme a Peo, un altro Piero un poco grassottello dal naso sempre raffreddato. La sua casa era nella corte interna del paese e lì viveva con i genitori, il padre Nino e la sua mamma Stella.

Il padre Nino, antico uomo del luogo, conosceva tutti gli anfratti del bosco e della montagna; col suo viso dalle folte sopracciglia bianche e gli occhi azzurri, ci parlava dei suoi tempi giovanili, di come era diverso il fiume, di quali avventure spericolate ancora si ricordava.

La Lilli col fratellino Enzino erano i figli dell'orologiaio.

Mentre la discreta Franca, figlia unica dei custodi della 'villa' sorrideva, partecipando alla festa un poco da lontano. Tra i più grandicelli c'erano Sergio e la sorella Anna.

Vennero anche Maurizio e Giovanni, un anno in vacanza, amici e compagni di scuola a Bologna, molto cittadini, erano un po' in difficoltà nel camminare tra i ciottoli sconnessi dei sentieri e nel saltare tra una pietra e un masso, laggiù nel fiume Reno.

A completare la ciurma c'erano Giovanni con la piccola sorellina Angela, figli della Giannina e Beppe, anche lui figura quanto mai carismatica di Fondamento e pratico dei luoghi.

Attorno a quel falò, si rincorrevano non più Piero e Ferruccio od altri ragazzini, bensì c'erano Yanez, Tremal-Naik ed altre 'tigri' ancora.

I bagliori palpitanti della fiamma si riflettevano

sui visi gioiosi e si accompagnavano ai suoni delle voci, agli strilli dei piccini, ai comandi severi degli adulti, e tutta l'atmosfera era davvero spensierata.
Così nel clima della festa, nessuno aveva pensiero della futura sorte, che il destino avrebbe riservato a ciascun di loro, amara per alcuni e non per altri.
Se ne andavano con gli effimeri falò e con le braci morenti nella cenere, anche i giorni delle vacanze. Finiva il soggiorno e il piacere vissuto nei mesi trascorsi.
Il ritorno in città, scandito dal suono ritmato delle ruote del treno, col dondolio delle carrozze, non era particolarmente triste, forse perché ancora nell'animo albergava forte il sapore dei giorni passati.
Correva il treno inesorabilmente verso Bologna, ma nelle gallerie, oppure chiudendo semplicemente gli occhi, era facile, con l'immaginazione, invertire il verso della corsa e illudersi che quel galoppo sferragliante riportasse indietro ai luoghi appena abbandonati.

La collina Di là dall'Acqua e la Ca' Nova
visti dalla mulattiera per Fondamento

Acquaforte su rame. 150x100 mm. Morsura piana.

In città

In città attendeva una vita serena, una quotidianità protetta dai 'grandi', nell'abbandono totale della loro guida.
Le ore vissute nelle stanze di quella casa che dominava, all'ultimo piano, i tetti rossi ed il cortile del collegio accanto, trascorrevano nella fantasia dei giochi, dei compiti di scuola ed altre occupazioni che riempivano così le giornate serene.
Le lunghe camminate sotto i portici, lungo la fuga di archi e di colonne che accompagnavano i passi, a volte un po' affrettati, al traino della mano cara, facevano rivisitare le strade familiari, le viuzze antiche, la piazzetta di San Martino col suo mercato vario di banchi di voci e di persone.
Erano amabili persone, che si incontravano quotidianamente nel tessuto di una vita semplice. Caratteristico era il venditore ambulante di limoni dalla voce un poco roca, con la sua piramide gialla di frutti su un banchetto di legno usurato. Sceglieva per le clienti quelli più succosi, a suo dire, guardandoli attentamente attraverso le lenti spesse e rotonde degli occhiali da miope.

E in un angolo di portico, una nonna, vestita di un lindo bianco grembiule, dal viso sereno quasi sorridente, cuoceva castagnacci sulla piastra liscia calda di ferro che le stava innanzi. Castagnacci dalla forma regolare ovale, tutti uguali, infarinati di bianca farina dolce, morbidi e tiepidi, gradevolissimi. Si chiamava Benassi. Per tanti anni la si vide sempre in quell'angolo, a ridosso di una colonna di portico, con la pila di castagnacci, le 'mistocchine', pronte e tiepide per la vendita...
Attraversando un giorno quella piazzetta, piazza San Martino, al fianco della madre cara, in quella familiarità di vita, dovuta ai luoghi noti, alle persone autentiche, ai negozi che davano allegria con le vetrine illuminate e che , pur nel tempo del dopoguerra, mostravano grande ricchezza di beni alimentari, alla pace interiore assaporata, mi raggiunse a sorpresa, nell'animo, la consapevolezza del limite di tempo assegnato anche alla mia vita. Non fu paura, non fu buio timore per quell'idea, fu solo rincrescimento per il distacco, dalla dolcezza semplice, di una vita percepita perfetta.
In città attendeva l'antica scuola elementare, accanto al Teatro Comunale, sotto il portico snello, in via Zamboni 15, vicino alla piazzetta accogliente del teatro, nel colore caldo mattone delle case, che racchiudevano tutto lo spazio attorno.
Strade accoglienti, dal lastricato lindo, portavano volentieri alla scuola, dove attendeva la maestra, Carlotta Mazzacurati, dalla figura un poco appesantita, gli occhi grigi, dallo sguardo fermo e dai

capelli brizzolati, raccolti sul capo, in un morbido chignon.
All'ingresso della scuola v'era un chiostro, con un lungo porticato, confinante con l'abside severa della chiesa di San Giacomo Maggiore.
Si respirava un'atmosfera antica che l'animo bambino ben accettava, per una compostezza ricca d'armonia.
Le tende alle finestre della scuola, un po' usurate dal tempo passato e dalle stagioni svanite, erano di stoffa pesante e di color mattone.
Il sole di giugno che le illuminava creava una luce calda e soffusa nell'aula pigra della elementare.
Negli ultimi giorni di scuola, cresceva il desiderio di evasione e la verzura e le foglie rilucenti al sole intraviste là fuori o solo immaginate, richiamavano la mente lontano dai banchi della scuola, facevano ripensare alla bella quiete dei boschi e riportavano agli occhi della mente la visione delle acque correnti del fiume Reno, amico e ciarliero, facevano immaginare il treno della Porrettana, che correva correva e portava in vacanza, tra schiere di pioppi che fuggivano veloci …
Banchi di legno grandi, con lo scrittoio nero un po' inclinato, calamai bianchi di ceramica liscia incastonati in mezzo, grembiulino nero sulle ginocchia, collarino bianco al collo … e bimbi ben ravviati seduti al loro posto.
"C'era una volta un re, diranno subito i miei piccoli lettori …".
Ed il pennino della cannetta, intriso di inchiostro, scrisse sul quaderno, un po' stentato 1948. Dopo

la scuola, il ritorno a casa, dove la presenza dei nonni, della mamma di papà e del fratello più grande colmavano l'animo di sicurezza e protezione, era l'approdo della giornata.
Era il luogo certo di riferimento.
Dalle finestre di casa, all'ultimo piano, dove entrava il sole del mattino, si dominava un limitato panorama, divenuto negli anni ai miei occhi familiare e consueto, visto nella luce brillante di primavera o nello scenario lattiginoso e fosco, quasi nebbioso, per il turbinio della neve d'inverno.
Spiccava il profilo del Teatro Comunale, col suo enigmatico campanile a fungo, e lì accanto l'antica torre-osservatorio dell'Università.
Oltre i tetti rossi si scorgevano le chiome dei platani della via Irnerio, là verso mattino.
Stanze vissute nella dolce quotidianità della vita in famiglia, con le faccende domestiche svolte in cucina, nella calda cucina d'inverno coi vetri appannati alla finestra, la stufa, la 'cucina economica', dai cerchi di ghisa sulla piastra, il brontolio e la magia del fuoco.
Quella cucina aveva un pavimento di mattonelle esagonali rosse … viste un giorno nel tremolio dei lacrimoni grossi, per l'angoscia di quel grande Torino. In quella casa povera e cara dei primi anni del secondo dopoguerra, ricordo papà fischiettare o canticchiare piacevoli brani e valzer dell'operetta leggera. In particolare il valzer de *La vedova allegra*, con la sua elegante, dolce e fluente melodia, mi portava ad immaginare quell'opera

teatrale, che non conoscevo, come un'oasi di indicibile bellezza.
Ricordo stanze piene di luce.
Intento ai compiti di scuola, nell'ampia cucina, sulla bella tavola di legno di noce dei nonni, godevo di quelle armonie.
Quella tavola di noce era anche il luogo preferito per i miei intrattenimenti, seduto su una sedia troppo alta per le mie gambe. Ci avrebbe seguito negli anni a venire, nelle diverse dimore che si sarebbero succedute.
In quella casa povera, piena di sole, piena di serenità, è rimasto tra le pareti, che mai più rivedrò, il ricordo di quelle melodie fischiettate da mio padre, il ricordo dei miei giochi da piccolo, il ricordo della mia vita che allora incominciava.
Perché papà ...
La casa dell'infanzia rimane sempre la casa vera, la più autentica, anche se poi nella vita si succedono tante altre residenze, più confortevoli e belle.
Là rimangono i ricordi, cari e puri, degli stati d'animo, vissuti con l'animo fresco dell'infanzia.
Dolce è il ricordo dei giorni che riportavano la stagione bella con le finestre aperte piene del sole di giugno che mostravano il chiostro e i coppi rossi del monastero accanto. Quello era il segno che presto si sarebbero fatti i bagagli per il ritorno a Fondamento. Via dalla casa amata di Bologna, via dal nido, per un posto più bello e più desiderato.
Fare i bagagli, e disporre tutto il necessario nel

piccolo baule, erano momenti di felice attesa, e in quei bagagli erano riposte un po' di contrabbando cose proibite, come le fionde con le corde nuove.

I giorni che precedevano la partenza, tra il piacere della scuola appena terminata e la prospettiva dei giorni futuri, erano pieni di frenesia.

Lasciare la casa di città per i luoghi liberi, per i luoghi belli, per gli amici che là aspettavano, lasciare il proprio lettuccio dove il sole al mattino indicava l'ora di alzarsi per andare a scuola, era un momento più bello delle vacanze stesse.

C'era l'attesa per la corsa in treno, quel treno favoloso, dalle tante porte rumorose, con i sedili di legno e il predellino lungo tutta la carrozza intera.

C'era l'attesa per quel momento bello quanto mai dolce, del primo istante, alla partenza, che l'animo scioglieva assieme al movimento.

Di nuovo a Fondamento

Si allontanavano, illuminate dal sole mattutino, candide le nubi, dopo la pioggia notturna, appena cessata.
Nel cielo puro, dagli spazi azzurri, brillava il mattino della nuova estate.
Ci conduceva, ragazzini, verso valle al fiume, la mulattiera, lastricata di pietre grandi, bagnate, e fiancheggiata di rovi ed erba folta, che mostrava ancora gocce brillanti della fredda pioggia.
Laggiù, nella vallata, nebbie leggere rimanevano sospese, come sogni svaniti della notte trascorsa.
E la schiera dei pioppi, dalle chiome brulicanti e festose nella luce chiara del mattino, laggiù alla Lama, nascondeva il Reno lungo la ferrovia.
Oltre il ponte della Venturina, la collina in vista, Di Là dall'Acqua, mostrava i campi curati, i casolari noti e sparsi e i dolci declivi di armonie domestiche.
Lo sguardo andava ancor più lontano, ai profili dei monti, a cercar lontananze immaginate, oltre Porretta, verso Bologna. Tutto era nostro.
Le colline, la valle, lo spazio e la luce.

Tutto quel mondo ristorato dalla pioggia e dal sole era nostro, catturato in un sol respiro.
La nostra corsa al fiume, su quelle pietre lisce della mulattiera, dove già il piede i punti noti dell'appoggio conosceva, si accompagnava al desiderio di riveder le acque correnti, i pioppi e gli alberi e le spinose acacie lungo la riva.
Le morbide chiome dei giunchi, che la luce del sole ancor più inargentava, si muovevano appena, alla brezza sonora del fiume, laggiù nella gola tra i monti di Granaglione e di Pàvana.
Correvano argentine le acque rilucenti, accompagnate dal vento leggero ed i veloci flutti, tra massi addolciti dal lavorio perenne, con le piccole rapide di acque festose mandavano riflessi fuggitivi.
Catturavano a lungo lo sguardo.
Acque trasparenti, che correvano in fretta sui massi sommersi di colore verdastro e gorghi rinnovati, affascinanti, sempre uguali.
Sulla riva del fiume la natura era più viva e vibrante rispetto all' amata quiete silenziosa dei boschi.
Il mormorio ininterrotto delle acque era un dolce sussurro e il sottile profumo di alghe richiamava il ricordo di altre ore trascorse negli anni passati in quel luogo.
Quasi un brivido lieve di gioia, correva nell'animo per le nuove vacanze iniziate, per la giovane vita percepita, per il tepore del sole, sulle giovani membra, lì sulla riva accogliente ed amica.
Nell'incanto del mattino inoltrato, al dolce tepore

del sole, germogliava un sottile desiderio di vita ventura, di una ricchezza sottile e sommessa, di una ricchezza imperitura.
La divinità del fiume ci accompagnava nelle nostre scorribande senza meta, nei balzi tra i massi, negli attraversamenti delle rapide correnti tra pietre sonore ed insicure.
Sulle superfici degli specchi d'acqua, riflessi di luce.
Nel loro profondo, mondi sommersi, immaginati e ignoti.
Mondi che si aprivano nella visione appannata degli occhi aperti sott'acqua, a mostrare soffusi nella luce verdastra, massi ricoperti di vellutate alghe e raggi di sole silenziosi per anfratti e tane profonde.
Acque fredde e desiderate, che ci accoglievano nudi nell'abbraccio di un tuffo improvviso e massi assolati, per le membra tremanti.
Il dio Reno conosceva i suoi monelli, e nella saggezza del suo tempo infinito, mostrava le acque correnti, così fuggevoli come il tempo della vita.
E nulla turbava l'eco delle risa.
Un anno fu molto piovoso.
Le gocce della pioggia sui prati, nei vialetti fangosi, sulle piccole pozzanghere, scandivano l'ozio di una attesa senza fine.
Scandivano lunghe pause di silenzio e di raccoglimento.
I muretti a secco, di sasso, ben fatti, col muschio così ristorato dall'umido ambiente, erano l'oggetto dello sguardo, dalle stanze silenziose, at-

Fondamento sotto la pioggia, la casa della Elisa

Acquaforte su rame. 150x100 mm. Morsura piana.

traverso le finestre chiuse, coi vetri irregolari, che catturavano piccole bolle d'aria prigioniere. Nuvole basse, di vapori bianchi, a metà costa al monte, nascondevano agli occhi la sommità ben nota.

Fu un anno ricchissimo di funghi porcini, che il bosco cedeva così, con l'abbondanza gratuita che la natura sa di poter dare.

Attraverso quei vetri irregolari della piccola finestra di campagna, entrava il grigiore di un pomeriggio piovoso e pigro.

Era la camera con il lettone grande.

Avevo sei anni e nel limbo del non far nulla, un poco impigrito, in piedi, appoggiato a metà busto al letto, consideravo l'età della mia vita.

Mi sembravano lunghi sei anni passati.

Ma quanto grande allora sarebbe stata la durata della vita intera!

L'animo sorpreso dalla scoperta della ricchezza inaspettata e immensa, mi si riempì di gioia, e reclinando innanzi il busto, mi adagiai, sfiorando con la guancia il letto.

Fu un momento di incanto.

Per molti anni conservai con precisione la nettezza di quell'istante.

Fu un dolce sussurro che mi riempì di gioia ma che allora non compresi, nel suo significato vero, molto più profondo, come quelle poesie imparate da bambini o quelle frasi che si comprendono meglio e più compiutamente nel loro significato solo nell'età matura.

Porretta

Porretta era il centro abitato più importante.

La strada che l'attraversava, la Porrettana, iniziava dalla pianura padana, a Ferrara, per condurre a sud verso Pistoia.

La bella cittadina di Porretta, in terra d' Emilia ma ormai confinante a sud con la Toscana, con le sue case pallide, le imposte alle finestre verde scuro e i cornicioni dei tetti ben sporgenti, offriva già un aspetto di sapor toscaneggiante.

Porretta ci accoglieva, nelle mattine chiare e fresche dell'estate, con l'aria serena delle vacanze estive che comunicavano all'animo un sentimento di piena libertà, nella piazzetta linda principale, la Piazza delle Tele.

Massi squadrati, di pietra serena, agli angoli e nelle pareti degli edifici pubblici, colpivano il mio sguardo ... e nei vicoli, botteghe artigiane di fornai, dal profumo pieno e sostanzioso del pane caldo appena sfornato ... colmavano il piacere di camminare senza meta sulle stradine lastricate linde.

Porretta ci accoglieva nelle passeggiate pigre del Lungo Reno e dei marciapiedi del centro, dov'era ricercata una gelateria, ben nota, dal nome assai prezioso!
Lungo la strada principale, vicino allo 'Spedale', nella piazzetta attigua, si apriva il mercato importante, in certi giorni della settimana.
E i grandi lembi di tela degli ombrelloni al sole, accoglievano il brusio e il passeggio affollato di persone.
Andare a Porretta era un diversivo molto piacevole ; il tragitto in treno era una breve corsa di qualche minuto, che mostrava al finestrino al vento della corsa, frustanti chiome d'acacia, case improvvise, e di sfuggita a tratti, placide, le anse lente del greto del bel fiume.
Una breve galleria, poi la stazione.
Ma ancor più bello era andarvi a cavalcioni della Lambretta, con quel ruotino tondo messo in bella vista là sopra la coda.
Brevi mattinate urbane di Porretta che lasciavano il piacere di aver visto cose nuove e di aver goduto di una pausa cittadina prima del ritorno al monte e ai luoghi immersi tra scompigliate chiome. Al ritorno, verso Fondamento, nel Pian dei Quercioli, alle radici del monte, dove svettavan alti pioppi snelli, vicino alla Lama, sorgente ricca di acqua generosa, che le persone venivano ad attingere con fiaschi di vetro rivestiti di giunco intrecciato all'uso toscano, il sentiero amico che conduceva a casa era invitante e piano innanzi alla salita.

Le morbide chiome sulla riva del fiume

Acquaforte e acquatinta su rame. 224x170 mm.
Morsura piana.

Dal piccolo mercato di Porretta era felice il ritornare a casa col coltellino nuovo a roncola che prometteva fantastiche avventure.
Sentiero polveroso e comodo, scarpette agili con la tela blu, maglietta di cotone a righe bianche e azzurre, sole sul capo di capelli biondi, felicità nel cuore. Forse intuita vagamente in petto promessa irrazionale di felicità ventura.

Compiti

Con amorevole delicatezza, passati i primi giorni di riposo completamente spensierati, mio padre sapeva prendermi in disparte e staccarmi dalla turba di ragazzini sbrigliati, per condurmi ai compiti delle vacanze.
Soltanto qualche ora, non tutti i giorni.
Ma il panorama assolato, ricco di verde, visto dal tavolo posto al davanzale della finestra, era di un'attrazione bellissima.
"Sirius splendet in sidere canis".
Caro padre ... maestro amato da tutti i suoi scolari !
Per scrivere avevo una pennina stilografica chiara dal fusto di finta madreperla, dal tratto fine fine e leggero, che mi dava il piacere di tratteggiare fitto fitto, per fare ombreggiature con righe parallele.
Un intrattenimento perditempo assai piacevole nelle pause tra i libri.
Andavamo a volte anche nel bosco, fuori dalle case, nella parte bassa del paese, dov'era un pianoro, dall'erba folta, circondato dalla presenza

amica dei fusti d'albero di castagno, particolarmente alti e forti in quel luogo e dove il mio pensiero e la mia mente erano distratti dal ricordo ancora presente dei duelli appena svolti lì con spadini dritti ricavati da rami di castagno bianchi e scortecciati.
Là un tavolinetto mostrava aperte le carte e i fogli degli esercizi estivi.
Lasciato un giorno momentaneamente solo in quel pianoro, intravidi un raggio di sole, brillare tra i rami, nel pomeriggio inoltrato.

Tramonti lontani,
nel verde
dei boschi,
dai raggi
incantati
nel pulviscolo
d'oro.
E crinali dei monti
maestosi
e scuri.
Infanzia trascorsa,
svanita,
preziosa.

Campeda

Sui pendii del monte Crocione, dov'era Fondamento, qualche miglio verso ponente, tra i crinali boscosi, c'era il paese di Campeda, là nella direzione dove i raggi di sole, filtrati tra i rami, e verdi tramonti nei boschi, avevano colto il mio innamoramento.

Campeda era un paesino che si distingueva bene là in alto tra i boschi, visto dal fondovalle, lungo la strada che costeggiava il fiume, verso Molino del Pallone.

Lo si vedeva bene per il suo campanile che svettava forte e snello alla luce dei tramonti.

Andare a Campeda voleva dire per i nostri giovani cuori, andare lontano; e nella immaginazione quello era un luogo incantato.

La strada di Campeda, così pomposamente chiamata, era soltanto un piccolo sentiero, nel folto del bosco, ed era comodo perché correva in piano a metà costa al monte, e si snodava dentro e fuori dai crinali, senza offrire quei pendii inerpicati e faticosi degli altri sentieri che indolenzivano affannosi le nostre gambe giovani.

Il superamento di ogni crinale apriva una visione nuova ed il senso di scoperta sosteneva il nostro cammino.
I rami invadenti dei castagni sopra il sentiero, con le loro belle foglie aperte, accarezzavano il nostro passaggio, un po'affannoso, verso la meta.
Là ci attendevano piccole case, dai muri di sasso, dalle finestrine discrete, e porte anguste, dalle soglie di pietra.
Lontani da casa, dai luoghi noti, dagli angoli di bosco conosciuti, dagli alberi quotidianamente rivisti e familiari, la natura attorno mostrava allo sguardo un bosco più antico, dall'aspetto nuovo e diverso; alberi di castagno dai tronchi scavati e imponenti, penombra delle fronde quasi più profonda.
Ecco intravisti in quel luogo silente i muri chiari di sasso, delle prime case, ecco Campeda.
Battevano il grano con verghe ricurve.
Ruotavano in aria quegli arnesi mai visti, or alti or bassi battevano il grano disperso sull'aia con la sacralità dei gesti di un rito.
Forse non tornerò mai più a Campeda.
Nostalgia di Campeda.
Sulla via del ritorno i raggi di sole al pomeriggio, imbiondivano le fronde, e nella valle, già in ombra, guardava cupo il monte Granaglione, sulle cui pendici biancheggiavano lontane le casine di Lustrola.
Camminare nel bosco ... Nel bosco tutto è perfetto, nulla fuori posto, nulla è in disordine.
L'erba incolta e rigogliosa, le foglie ingiallite

cadute e disperse, che lasciano intravvedere le pietre biancastre delle mulattiere, i ricci vuoti di castagno, i cespugli arruffati di rovi, il muschio tra i sassi e su i tronchi antichi e rugosi, tutto è perfetto.
Camminare sulle mulattiere lastricate di pietre, nel silenzio circostante, senza turbare, senza sfiorare foglia, lungo muretti di sasso, fatti da mani antiche, muschiati dal tempo, assimilati dal bosco…
L'atmosfera pura e perfetta, apre ampi scenari e cattedrali di verde, dove le fronde degli alberi snelli fan da volta al cielo.
Nel bosco, il borbottio leggero e discreto della timida pioggia incipiente, col suo picchiettio sulle foglie late degli alberi solleva l'animo a percepire il cielo mentre le gocce sempre più fitte, a liberar lo scroscio, senza riparo, fan sentire tutt'uno, con le piante e gli alberi, e la natura attorno.
Passata la pioggia, tornato il sereno fermare nel silenzio i propri passi al tramonto e osservare tra le fronde l'ondeggiar dei raggi, dell'ultimo sole, per arabeschi oziosi, di un prolungato incanto…
Nel bosco, il silenzio ci spia; ci si sente osservati da tergo, dai lati e un brivido lieve di gioia pervade.
Nostalgia di Campeda.

Pàvana

Pàvana, la millenaria Pàvana.
Su un versante della montagna, rivolto ad oriente quasi opposto a quello di Campeda, c'era il paese più importante già in terra di toscana, Pàvana, attraversato dalla strada che portava a Pistoia.
Altri piccoli agglomerati di case dai nomi ridenti come solo in Toscana si possono trovare, Bellavalle, Taviano, Corniolo e Signorino, erano su quella via, verso Pistoia.
Nei pressi di Pavana c'era il bacino omonimo.
La diga del bacino, con i suoi contrafforti giganteschi, vertiginosi lisci di cemento, senza appigli, che cadevano a strapiombo, giù nella forra, tenevano allo sguardo, con timor del vuoto, l'animo in sospeso, mentre sull'altro lato della diga, il colore verdissimo increspato dell'acqua, lasciava immaginare realtà sommerse e profondità paurose.
Ma la dolce collina assolata, ricca di campi e di vigneti, dalla spalla destra della diga, la collina Di là dall'Acqua, rivolta a mezzogiorno, ristora-

va l'animo alla vista. Separava, quella collina, il bacino di Pàvana da quello di Suviana.
Un terzo bacino, Molino del Pallone, era a ponente ai piedi di Campeda.
I tre invasi, rilucenti al sole, erano collegati da due gallerie, che traforavano i monti, per il livellamento delle acque, e che percorremmo un giorno, armati solo di una incoscienza amica.
A Pàvana, ogni anno, si svolgeva una fiera, 'la fest'in Pàvana'.
La festa in Pàvana era avvolta di carezzevole atmosfera per le sue luci, i suoni e i profumi zuccherini, tra bancarelle di cose semplici e oggetti fuori uso.
Volgeva ormai al termine la festa, nella piazzetta antistante la chiesa, col diradar delle persone e i rumori e i suoni affievoliti.
Era l'ora del ritorno a casa. Era già buio quando iniziammo il cammino verso Fondamento; sentiero ben noto, percorso tante volte.
Un brivido nuovo era andar di notte, quando nel bosco anche le fronde degli alberi riposano.
Sentivamo il calmo respiro della notte, fatto dal tremulo frinire ritmato di delicati grilli lontani, dal buio ovattato del sottobosco lungo il sentiero, dal brulichio di luci lontane sulle colline in vista nella pace della notte incipiente.
Il sentiero di terra battuta, un poco polveroso, appariva abbastanza chiaro, distinto, e sopra il nostro capo, sopra le cime degli alberi, dalla cresta del monte ci accompagnava la timida luce della bella luna.

Ormai vicini a casa, ci fermammo nel pianoro di Pian di Santino, dove la luce chiara, nel cielo aperto, faceva risaltare la scura corona degli alberi d'attorno ed il profilo, lassù, della Torraccia, piccole case appollaiate in alto.
Giocammo a pallone, in Pian di Santino, al chiaro della luna e svelte correvano le gambe dei monelli al fresco della notte.
Mai più si ripeté quella bizzarra corsa, ma le ombre di noi permasero, inghiottite dal bosco, e forse ancora le serbano custodi i tronchi severi dei castagni antichi.
Su quel prato, quella sera, finito l'affannoso gioco e seduti sull'erba, con accanto la palla bianca di gomma odorosa di erba falciata, non ci curavamo della luna, che, alta nel cielo, sembrava scivolare dietro nuvole sfilacciate d'argento e silenziosa portar via con sé il perché misterioso della vita.

Nel Pian dei Quercioli, alle radici del monte,
dove svettavan alti pioppi snelli ...

Acquaforte su rame. 95x180 mm. Morsura piana.

L'ultimo giorno dell'infanzia

I nostri luoghi ci appartenevano; i fusti degli alberi, i sentieri, i massi del fiume, i nascondigli, gli anfratti, i prati per giocare a pallone, gli specchi d'acqua profonda, gli spruzzi e i giochi d'acqua, il tempo e le giornate, tutto era nostro.

Eravamo innamorati del fiume, che ci attendeva a volte, quando ancora il buio della notte non si era aperto al chiarore dell'alba e le acque dal lieve chiacchierio sommesso, riportavano e continuavano il racconto infinito, durato nella solitudine dell'intera notte.

Anche i castagni del bosco erano conosciuti ad uno ad uno.

Il grande castagno fiabesco, che appariva quasi come una visione irreale, nell'atmosfera in penombra della fitta verzura, richiedeva l'abbraccio di molti bambini per la sua cintura.

Non lontano, un altro antico fusto aveva una lunga fessura nella sua corteccia che lasciava entrare all'interno del tronco, tutto cavo, per un nascondiglio protetto e un brivido gioioso.

Luoghi, cieli, atmosfere che un giorno senza ricordo lasciai per un'ultima volta, senza aver coscienza della chiusura di una stagione di vita ...
Forse l'ultima sera, l'ultimo giorno son stati momenti vissuti come tanti, senza purtroppo la consapevolezza della loro unicità.
L'ultima sera sarà stata come tante altre sere, con la finestra aperta che lasciava entrare, nella stanzetta illuminata chiara, come placido sussurro, il frinire ritmato dei grilli, tremulo e incerto, a render più dolci quei momenti di un'oziosa quiete.
E già con gli occhi assaporando il sonno, tra l'oblio e il torpore, la mente andava immaginando il nuovo sole, del nuovo mattino che mi era innanzi, un altro mattino ancora, con la luce incantata e ferma dell'aurora sui rami silenti del bosco inesplorato...
Nel mattino presto, tra il brillio dei primi raggi di sole, filtrati, intravisti tra i rami e i lunghi silenzi che accompagnavano il nostro cammino, angoli di bosco ancora bui mostravano i rami alti delle piante già ristorati di luce viva e meraviglia nuova. Tra foglie morte di colore giallo, tra ricci vuoti di castagno, il bruno, vellutato e prezioso, dei funghi nascosti ...
Il bosco era ricco di more, nere, morbide e mature che le siepi selvatiche e i cespugli di rovi offrivano tra il fogliame e le spine.
Regali effimeri.
Il loro sapore delicato esprimeva di fondo un profumo sottile e nobile, quasi d'incensi lontani, inaspettato per un frutto così negletto.

Il bosco era ricco di mirtilli, di felci, di erica e di piccole rare fragole rosse.
Le piante giovani di castagno avevano la corteccia liscia, verde chiaro, molto piacevole al tatto; mentre i vecchi castagni, dalla presenza importante nel verde d'attorno, avevano fusti forti, bruni e rugosi, ricoperti da muschi e dal tempo. Fusti dal suono profondo se tentati da un sasso o un colpo di bastone.
Il bosco era ricco di merli, che fuggivano chiocciando fitto fitto, spaventati a volo basso, e di buferle dal becco strano, e di ghiandaie, dal piumaggio color tortora bellissimo, che si esprimeva bordato d'azzurro, nel volo morbido, per un sussulto di meraviglia.
Nelle ore calde del mezzogiorno estivo, il sole alto nel cielo, illuminava a chiazze il sottobosco filtrando i suoi raggi tra le fronde degli alberi.
La verzura riluceva sotto l'incanto di quella luce viva.
Pendii coperti di erba folta incolta e rigogliosa, rovi, felci dai vertici ondeggianti e steli d'erba sottili con una vaga spiga in sommità, lunghi e ricurvi, come pensosi.
Tutto era immoto. Tutto era vivo.
Ed un profumo sottile, impercettibilmente amaro esprimevano le piante dei castagni all'atmosfera estiva con le loro belle foglie di verde rilucente.
Ogni luogo appariva a noi incontaminato, lontano dagli uomini, come se mai presenza umana fosse stata presente in quell'angolo di paradiso.
Tutto ci appariva intatto, irripetibile.

Nell'ora del pranzo, ritornati alle proprie famiglie, l'atmosfera vivace quasi festosa e i dolci rumori domestici del desinare, tra le mura di quel piccolo nido di case assolate e circondate dal bosco, si acquietavano, poco a poco nelle ore più calde del primo pomeriggio estivo.
Il riposo obbligato per i bimbi, in una cameretta accogliente e fresca, nella penombra delle imposte chiuse, faceva ancor più desiderato il mondo assolato là fuori.
Fessure gradite di luce riportavano al soffitto chiaro i colori arcobaleno della verzura e del sole intenso e facevano più vagheggiato il mondo che attendeva là fuori.
Un lampadario antico di campagna, un volteggiare vago, d'attorno, senza posa, un silenzio leggero era l'invito e l'abbandono all'oblio del riposo.
Nel pomeriggio, un piccolo sentiero ben tracciato, percorso tante volte e un poco polveroso, usciva dalle ultime case affacciate sull'Aia e portava di corsa giù in discesa al fiume, per un bagno proibito, nelle acque rilucenti e molto fredde del Reno.
Il fiume, laggiù stretto nella gola tra montagna e ferrovia, era un altro luogo di felice restare.
Corse, lungo il binario della ferrovia, che incuteva rispetto e timore nel percorrer le buie gallerie che si riempivano di vento al sopraggiungere del treno. Il fiume amico, conosciuto masso per masso, ci aveva insegnato a nuotare, a pescare i pesci a mani nude sotto i massi che facevano da tana.

Un cavedano era una creatura bellissima, con la sua livrea argentea chiara e scura, madida di acqua viva, il corpo energico e scattante; le pinne delicatissime e quasi trasparenti erano vive anch'esse, come l'occhio e la bocca palpitante. Una creatura perfetta ora nel ricordo, preziosa e irripetibile.

E i barbi? Molto difficili da trovare!

Non come i brocioli, piccoli pesciolini, che si lasciavano prender facilmente nelle piccole buchette d'acqua intiepidita al sole.

Non ci sono più i brocioli ora nel fiume, mimetizzati, come una volta, tra le alghe morbide di color marroncino.

Il fiume, da Ponte della Venturina, fin su, al bacino di Molino del Pallone, era vario e bello negli scorci tra le sponde di verde rigoglioso della montagna, era bello nelle sue pozze d'acqua serena, negli specchi placidi, verde smeraldo, intravisti tra i giunchi.

Era fresco e ridente nelle piccole correntine tra i sassi, era nostro nelle sue distese biancastre di massi assolati.

I luoghi di riferimento erano principalmente le briglie del fiume: il Macerone, il Macerone Piccolo, gli Archi, il Sessantuno dal numero impresso sul casello della ferrovia, la briglia dell'Acqua Puzzola dov'era una sorgente dall'odore sulfureo.

Dalla briglia, il fiume, con tutta la sua meravigliosa forza e il fascino di quel ventaglio d'acqua, precipitava, quasi lento, in basso a creare

uno specchio profondo nel ribollio dell'acqua. Vi si gettava con un lavorio possente e continuato, con un rumore di cascata gradito e sempre uguale che poco a poco svaniva alla percezione.
Lo sguardo era rapito e fisso, ad osservare l'acqua profonda e verde.
Acqua che infondeva timore, per il suo mistero.
S'intravvedevano sul fondo grossi massi dai contorni incerti e ondivaghi per la superficie increspata e mossa.
In quel dolce limbo, passavano lunghe pause di tempo, mentre lassù, l'azzurro del cielo, sempre così gradito agli occhi, mostrava nuvole belle, sfilacciate e bianche.
Nubi e ciclopi, che correvano piano, a mutar con rammarico, le loro forme, svanite e perdute per sempre.
Correvano piano, dietro il ciglio del monte, dove le chiome degli alberi al pendio erano rimosse, lontane, dal vento.
Ormai il fondovalle e il fiume erano percorsi da una fresca ombra, sul far della sera, ed i massi ingrigiti non serbavano più il gradevole tepore del sole.
Era finito il tempo della stagione bella. Era finito il tempo delle vacanze e della vita a Fondamento.
Fondamento fu vero nutrimento di spirito e di membra. Fondamento fu vero fondamento.

Il tempo della vita, le persone.

Bellezza e amore. Con la bellezza ci rapportiamo
al mondo in una specie di innamoramento.
Con l'amore ci rapportiamo alle persone.
Bellezza e amore hanno sfaccettature simili,
son quasi della stessa natura.
Ma la bellezza è soltanto
una forma blanda di amore.
L'amore, molto più intimo e pregnante
della bellezza, salva nel presente, il mondo.

Il bacino di Pàvana alla sera

Acquaforte su rame. 100x150 mm. Morsura piana.

L'età matura

La fuga degli anni preziosi, dei giorni e delle ore, infinita, ricca di eventi, di persone e di luoghi diversi, spesa con grande spensierata abbondanza, aveva portato mature stagioni di studi e di vita operosa, di amici nuovi e loro matrimoni, di vita ridente e radiosa, di affetti e di figli.

Quasi dimenticato, quel piccolo nido di case, là abbandonato a metà costa al monte; abbandonato come l'infanzia lontana.

Eppure Fondamento era là, che sempre attendeva; poiché là c'erano ancora le persone amiche, erano quei ragazzetti divenuti adulti; e le persone che non c'eran più.

Vi eran le figure dei genitori cari, con la memoria dei giorni sereni.

Tornava il ricordo dei silenzi preziosi nei boschi che avvolgevano lo spirito; il ricordo dei lunghi tramonti, delle notti silenti di stelle nel cielo, dei risvegli di bambino, con la gioia dei propri pensieri, la bellezza perfetta del mondo, l'amore, la gioia nel cuore, la ricchezza infinita, la vita.

Dolce era pensare al ritorno, al richiamo lontano, al ritrovar le persone, al vibrare concorde degli animi ancora, dopo tanti decenni trascorsi.
Il pensiero pregustava l'incontro. E fu dolce l'abbandono all'idea del ritorno, che mi accompagnò, la sera innanzi, in una lieta attesa di pace, soffusa nell'animo, al trascorrer lieve delle ore notturne.

Alla guida

Nella mattina autunnale il cielo era sereno e la temperatura mite.
Alla guida, lungo la strada che da Ponte della Venturina corre tra i crinali del monte Granaglione verso Molino del Pallone, le montagne e i pendii erano tutti coperti di alberi che mostravano i colori di dolci ricordi.
E anche quel nastro d'asfalto, che ora scorreva senza più fatica innanzi, riportava il pensiero alle corse sfrenate in bicicletta, in quelle curve di pericolose sbandate.
Anche le nubi bianche negli angoli di cielo azzurro tra le cime, mi parlavano di stagioni passate e di giorni solari dell'infanzia trascorsa.
Un brivido lieve di gioia, quasi d'orgoglio, per riportare la mia presenza adulta a contatto coi luoghi dell'infanzia, mi faceva sentire solo, innanzi allo scenario antico ed immutato, quasi in muto colloquio con la natura attorno.
Bello mi apparve l'amico fiume, il caro fiume, ricco di acque, visto da lontano, dall'alto, dal parapetto della strada, con le sue acque trasparen-

ti e fresche, con vaghe striature biancastre, nelle scie delle correnti e vivo nel suo movimento, tra i massi del greto.

Il fruscio lontano e indistinto, che accompagnava il suo eterno racconto, faceva percepire la forza delle acque nella corsa veloce.

Ben nota quella rapida, vista tante volte nelle stagioni e nelle ore diverse dei giorni lontani.

Procedeva la corsa del fiume verso valle, e rallentava poi, e si placava, infine, nel riposo di uno specchio d'acqua, profondo e verde, che tutta l'accoglieva. Il colore verde delle pozze profonde sempre aveva un fascino segreto e gradito agli occhi, fin dai tempi dell'infanzia lontana.

Quello era lo specchio degli Archi, stretto in una gola tra montagne che cadevano a strapiombo e dove si incuneava anche il binario della ferrovia.

Quello specchio era forse il più frequentato nelle nostre ore di lieti passatempi.

Rallentavano con la corsa del fiume, anche i ricordi, verso un giorno lontano, nella luce di un tardo pomeriggio estivo. In quello specchio, un po' in disparte dal corso principale delle acque, immerso nell'acqua fredda che ingrandiva in trasparenza le membra e i ciottoli sommersi, con l'animo un po' trepido per non saper nuotare, provai l'ebbrezza di abbandonare il fondo, inoltrando lentamente il busto a spartir le acque. Lieve, il distacco, dai sassi sommersi, ricoperti di alghe, un poco scivolosi, e gioia in un sorriso, trattenuto a fior d'acqua.

Piero

Arrivammo tardi a Fondamento.
Era già buio, dopocena.
La montagna, il monte Crocione, che di giorno, alla luce del sole, mostrava tutta la sua verde ricchezza sconfinata di alberi e di chiome, appariva scuro, immerso nel riposo della notte.
Inghiottito dal buio.
Il cielo, invece, era vivo di stelle e sollevava l'animo, nello sguardo ammirato.
Quel cielo antico di Fondamento, nella sua eternità immutata e presente, infondeva certezza e pace nell'animo.
Quella piccola casa, la casa di Piero, al limitare del bosco, la 'casina rosa' dell'infanzia lontana, ancora una volta ci accoglieva, amica e sicura per il dolce restare, per il riposo notturno.
Dal letto, quanto mai accogliente, in mansarda, la mente serena e distesa avvertiva, là fuori, presente, oltre il tetto, la notte stellata, quel cielo anch'esso accogliente, ed amico, che proteggeva e copriva il nostro riposo e l'oblio.
Anche il bosco di castagni, antico, ben noto, im-

merso nel buio era d'appresso, presente e fidato.
Estremo dolce svanire del giorno passato.
Estremo, dolce, svanire nel sogno ...
Così mi accogliesti, Piero, con la mia giovane famiglia, nella tua casa sicura, amico d'infanzia, amico sincero, amico da sempre, amico schietto, per sempre.
Nel mattino seguente, ci mosse il desiderio di rivedere i luoghi. Con passi nuovi su orme svanite in un tempo lontano, tornava la serena corrispondenza col bosco ritrovato, coi rami bassi dei castagni adulti, che tendevano le fronde, al passaggio, con le foglie estreme.
La meta della breve passeggiata era il pianoro di Pian del Lago.
Il fianco della montagna concedeva riposo al pendio con piccole radure pianeggianti; quei luoghi erano i punti di riferimento delle nostre lontane giovanili avventure quotidiane ... Pian del Lago, I Quercioli, Pian di Campo, Pian di Santino ...
Nella salita lenta, lungo il sentiero che portava al pianoro più vicino alle case, sorgeva nell'animo lieve la curiosità di riveder quel luogo, affiorava il ricordo dei silenzi là vissuti.
Tornavano le immagini dei riflessi di sole sull'erba folta, dei massi ingrigiti ricoperti a chiazze di muschi e rotolati al pianoro da tempo infinito, di cespugli di rovi spinosi e impenetrabili che sbarravano il passo nel seguire il volo leggero effimero e palpitante di una farfalla, di ragnatele imperlate di rugiada ...
In quella piccola radura, Pian del Lago, in gran

segreto, seppellimmo un giorno, di chissà che anno, il tesoro dei pirati, in un punto ben preciso ed individuato, da poter ritrovare, in un futuro, lontano lontano, che sarebbe potuto venire.
Ora dunque, con un piccolino a cavalluccio in spalla e l'altro per mano della mamma, sono ritornato a Pian del Lago, più inselvatichito ed incolto di come era nel ricordo, con le foglie, in autunno, del bosco, giallo giallo, che lasciavano le fronde, e i rami, dei castagni.

Ferruccio

Dopo aver rivisto Pian del Lago, la lenta passeggiata mi riportò tra le mura del paese.

La casa di Ferruccio era grande e ben fatta.

Mostrava alle pareti esterne e negli angoli, in bella vista, i massi grossi e squadrati di fiume.

Era anch'essa un'ultima casa prima del bosco ombroso, che si inerpicava di sfondo con le chiome verdi rilucenti e i fusti degli alberi antichi.

Fondamento era un gruzzolo di case così piccolo, che quasi tutte le abitazioni confinavano col bosco. Si vedeva spesso, dal camino solitario, levarsi e rigonfiarsi, il fumo silenzioso, azzurrino, che rivelava la vita domestica serena, la pace della casa ed il calore custodito nel cuore, dietro le mura. Ferruccio era il più giovane della filibusta.

Un bimbo esile e delicato, con gli occhi azzurri, i capelli biondi e lisci, il viso sempre disposto a un'espressione amica.

Era il più ardimentoso nei tuffi, nelle acque verdi, fredde, sempre increspate dal vento del fiume Reno, laggiù allo specchio degli Archi.

Tuffi scomposti a sgambettare nell'aria prima del tonfo, dall'alto di uno sperone di roccia che forse ancora là, immutato, attende.
Il volo libero dei tuffi, era spensieratezza piena e gioia festosa.
L'infanzia è una stagione bella, come il sole nel chiaro mattino, passa, ma rimane per sempre, svanisce, ma è roccia nel cuore sicura.
I genitori di Ferruccio erano anziani, senza età.
La madre, alta e snella, dalla figura schietta, con qualche filo di capelli che le uscivan dal concio per il daffare quotidiano ed il parlare concitato un po' toscaneggiante, aveva anch'essa gli occhi gentili e chiari.
Nell'incedere, suo, elegante, lungo il viottolo di casa, lastricato un po' sconnesso, portava secchie sonore, piene d'acqua buona e fresca, appena attinta al pozzo. Il padre, robusto e forte, misurato nei lavori dell'orto, appoggiato nelle pause, al manico puntato a terra della zappa, amava star seduto innanzi all'uscio, sulla grossa panca di pietra con il bastone accanto, all'ombra del noce dalle tenere foglie.
Nell'ora del pranzo, attorno alla tavola, nella quieta cucina, dove una nuova fascina, posata al focolare acceso, ravvivava nel crepitio una fiammata bella, egli porgeva il pane sciapo, tagliato da una forma toscana, lui, per tutti i fanciulli, col gesto antico di un silenzioso amore.
I genitori di Ferruccio erano anziani, senza età.
Avevano nomi belli e antichi, Annunziata e Ulisse.

Ubaldo

Ritrovare i luoghi e gli spazi di un tempo lontano, faceva affiorare ricordi inaspettati che ritornavano vivissimi alla mente, così quella piazzetta che ancora risuonava dei rimbalzi e dello strusciio del cuoio del pallone sullo sterrato, riportava i momenti vissuti, le voci immaginate, il profumo del pane nel mezzogiorno assolato.

Quella piccola piazzetta, un poco erbosa e un po' sterrata, prospiciente la Casina Rosa e che l'orto di Bibi fiancheggiava, era accogliente per i nostri giochi spensierati nel fresco mattino, tutta ombreggiata. Un giovane ciliegio la delimitava.

Bambini vi giocavamo con le palline povere di terracotta colorata.

Un piccolo sacchetto, scrocchianti, ne tratteneva molte, come una borsa dei denari antica.

Correvano le palline da una buchetta all'altra e noi bambini, un po' come ranocchi accovacciati attorno, vestivamo pantaloncini corti con le bretelline.

Uscì da casa sua Ubaldo, molto più grande di

anni e di corporatura, mi venne incontro per consolare i lacrimoni grossi che accompagnavano la perdita di tutte le mie biglie.
Un vasetto rotondo ricolmo di palline, mi lasciò così, senza dir niente.
Ora la casa di Ubaldo, dalla muta facciata grigia, aveva, da gran tempo, le imposte alle finestre chiuse e la porta d'ingresso sbarrata, così come la vita passata al suo ritorno.
Son passati da quel giorno ormai, Ubaldo, quasi sessant'anni, e poiché i sentimenti dell'animo umano, così come tutte le questioni dello spirito, pur appartenendo all'uomo son fuori dal tempo, ti dico grazie ora, per quel che mi facesti allora.
Quella piazzetta all'ingresso del paese era il cuore della vita quotidiana, nelle varie ore del giorno, nel turbinio dei giochi della sera, nelle mattinate e nel gioco del pallone a tutte le ore.
Particolarmente gradite e ricche di atmosfera erano le serate di luna piena, del mese di agosto, quando solo in quei giorni l'astro era abbastanza alto sulla cresta del monte da illuminare, per quelle notti, tutto Fondamento e a render più dolci i racconti, il brusio delle voci e lo star assieme tutti in compagnia.
Ora quel luogo era deserto, ma nel ricordo, quelle vite, quelle figure di ragazzi, di adulti e di anziani ritornavano nitide alla mente.
Volgendo lo sguardo, ecco la finestra della mia stanza, anch'essa chiusa, pallida per le bianche tende dietro i vetri sigillati. Era chiusa anch'essa, quasi a sbarrare il mio pensiero ai dolci tempi

passati. Ma io sapevo bene la disposizione dei mobili che si trovavano lassù nascosti, il letto di ferro battuto, il pavimento di legno, il comò scuro con sopra la piccola specchiera imperniata nei supporti laterali d'inutile ornamento.

Un tavolino di legno, semplice e antico, posto a ridosso della finestra, testimoniava le ore dei compiti delle vacanze di tanti anni lontani lontani.

Da quella finestra entrava, nelle sere placide d'estate, il respiro della notte, percepito nel buio della stanza, prima dell'oblio del sonno, con il brusio incerto dei grilli, delicato come il silenzio notturno.

Da quella finestra entrava il sole del mattino, a sfiorare la ruvida parete della stanza innanzi al letto; era quello l'invito ad alzarsi, senza fatica, per il nuovo giorno, sentendo attorno l'affetto certo dei genitori cari, la presenza del mondo ben conosciuto e dei coetanei sinceri, per giochi che il caso avrebbe accomunato.

Da quella finestra entrò una sera, mentre ero seduto e rannicchiato sul letto, sotto la luce chiara, il clima della festa per la battitura del grano. Mi sentivo felice di esser vivo al mondo. Percepii le luci, il rumore della trebbia, il gioco delle voci, la luna alta nel cielo e l'atmosfera, e tutto si fuse e amplificò la gioia mia di vivere, per un lampo d'amore e commozione che soverchiò, troppo imponente, l'anima.

Ancor mi risuonava in mente il ricordo vivo di quel momento unico vissuto, della preziosità di

esistere, mentre assorto osservavo i muri delle case, di pietre scabre e di colore grigio.
Alcuni sentieri eran diventati dei piccoli tratturi d'erba che nascondevano le pietre del lastricato originario così celato, e mi facevano toccare con mano il gran tempo passato, tra quelle mura conservate intatte.
La lenta passeggiata continuò in silenzio a sfogliare le pagine del tempo.
Davanti al cancello bianco della villa, mi ricordai di Franca.

Piccolo bosco

Acquaforte acquatinta su rame. 80x130 mm.
Morsura piana

Franca

Franca era il tuo nome.
Eri una ragazzina un po' timida, dal sorriso sereno, il viso luminoso e chiaro, sempre ben linda e ordinata come voleva la tua mamma Ada.
Un po' in disparte dalla turba sfrenata degli altri ragazzini, sedevi spesso con la gonna plissettata a ruota, vicino al tronco forte di un bellissimo castagno che svettava da un declivio, proprio all'ingresso delle prime case, di fronte al cippo della Madonnina Grigia.
Ora quel declivio e quel castagno non ci sono più.
Non tornano più le ore felici del mattino, prodighe di vita e di speranze nuove, o quegli istanti d'allegria attorno alle alte lingue dei falò d'autunno, che arrossavano i visi ridenti dei bambini col palpitare guizzante delle fiamme.
Passato è il tempo, l'atmosfera e i giorni e i cieli sereni come il tuo ricordo.
Un bel cestino di ciliegie rosse, ciliegie rosse rilucenti al sole, con gli esili piccioli verdi in scompigliata chioma ...

Fu quel miraggio semplice, ciliegie rosse sorridenti al sole, forse pensato per realizzare un dono, fu quel miraggio che ti rubò la vita.
Con passi misurati, come a scoprire ambienti sconosciuti, come a portar sorpresa con la mia presenza a quelle mura antiche, che ben mi conoscevano, andavo a ritrovare i luoghi noti.
Raggiunta la parte estrema più bassa del paese, che ragazzini chiamavamo l'Aia, s'arrestò anche il mio cammino ad ascoltare il silenzio circostante. Da lì si dipartiva quel viottolo che portava di corsa giù in discesa al fiume.
Nel silenzio c'era quasi il desiderio di poter percepire il rumore del fiume, visto il giorno innanzi, ora però troppo lontano.
Quel viottolo, quello 'stradello' nel nostro linguaggio abituale, una volta ben tracciato e polveroso tra il verde, ora non si distingueva più, cancellato e impraticabile dal bosco.
Il ricordo andava a quelle corse sfrenate, in discesa, con il rumore ovattato dei passi affrettati delle scarpette di gomma bianca con la tomaia di tela blu, marca Superga, che non proteggeva dagli aghi aguzzi dei ricci di castagno.
Il ricordo andava alle tante ore vissute sul fiume, su quel greto sassoso e agli episodi che tornavano in mente.
La risalita di quel sentiero, a sera, dopo gli spruzzi e le immersioni nell'acqua dolce e sfiancante del fiume, era una inevitabile fatica che indolenziva i muscoli delle giovani gambe.
Non arrivava fino a lì nell'Aia il mormorio del

fiume. Era sufficiente l'immaginazione per sentirne lo scorrere e ripensare ai giorni lontani.
Era bello, ora nel ricordo, ripensare alla preparazione della piccola canna da pesca, con gli innesti lucidi d'ottone, la magia del filo sottile, gli ami, i piombini, i vermi ed i lombrichi, il cestino, l'astuccio con i galleggianti e correr giù a pescare, spensierati col solo desiderio di viver i momenti futuri. Quando le acque gonfiavano e davano vigore al fiume, dopo il periodo invernale, prima della magra estiva, in quel periodo si pescavano numerosi i vaironi in frega, tremule foglioline d'argento strappate alla vita del fiume.
Il vento gradevole di primavera incurvava il filo sottilissimo e leggero della lenza, e il sole, tiepido alle spalle, penetrava con la sua luce le acque fresche trasparenti e le correnti argentine a mostrare i sassi sommersi, ricoperti di pettinate alghe.
Le superfici degli specchi d'acqua si increspavano, fine fine, sotto la brezza insistente e gradita, mentre lassù, a metà costa al monte, le fronde nuove dei pioppi s'incurvavano, pigre al vento, a mostrare un verde più tenero.
Correvano al vento le nuvole candide nel cielo azzurro vivo di luce.
Passavano veloci e silenziose le ombre delle nubi, sul greto biancastro e sassoso del fiume, effimere presenze che rinnovavano il piacere del ritornare gradito del tepore del sole.
Quante volte la quiete della valle l'avevamo infranta col richiamo della voce, o con un sibilo, portato via dall'eco, assieme con il vento.

Passeranno ancora le ombre delle nuvole, effimere e veloci, sulle nostre ombre, sulla terra del nostro riposo, sul ricordo di noi, sulle presenze nostre, svanite e persistenti.
Rimarremo per sempre.

Umberto

Così, fermo, con le braccia conserte, sul piano erboso dell'Aia, a riguardare quello scenario innanzi a me di un prato e di tronchi d'albero che mi videro un giorno far compiti di scuola sopra un tavolinetto semplice, assaporavo quel dolce senso di vita passata ma al tempo stesso imperitura. E quel sentire era dolce come il silenzio d'attorno.
Ritornando a passi lenti, quasi a scandire i graditi pensieri, con l'animo ristorato, verso la parte alta del paese, ecco ancora la mia casa, dove all'ingresso, sul piccolo ballatoio, più non c'era la pergola di vite. Ecco di nuovo le finestre note e ancora la stanza dove ricevetti un giorno un bel regalo, molto gradito.
Una bella corazza, e anche l'elmo dei romani antichi, fatto il tutto con foglie di castagno verdi, cucite insieme con gli stecchini dei cespugli d'erica! Era un regalo per la mia convalescenza.
Il verde delle foglie, scuro e lucido, donava un aspetto ancora più marziale. Era un regalo bello che, Umberto, mio fratello aveva congeniato nei

giorni dell'attesa. Ho un fratello, e ci vogliamo molto bene, come se ne vogliono i fratelli veri. Silenzi d'intesa, molto più forti ancora delle parole.

Caro fratello, sarai nel gruppo degli agnelli miti, tu che mite sei stato per tutto il tempo della vita tua. Non ti dolga nemmeno il ricordo dei capri che t'hanno sfiorato, e depredato nel corso del cammino tuo. Avremo ancora tempo di stare in ozio innanzi al focolare ardente, come già una volta, in silenzio, e sentirci figli di dolci genitori. E assieme, davanti al focolare acceso, dove lo sguardo riposato e fisso è catturato a guardare le fiamme guizzanti, senza posa, le braci intense e gli alari arroventati, i nostri pensieri andranno lontano, ai bracieri ancor più intensi ed eterni, delle stelle eterne, nello spazio infinito e al destino eterno dello spirito umano.

Al focolare

Acquaforte su rame. 100x190 mm. Morsura piana.

Il dolce viaggio in macchina

La nostalgia è un sentimento bello e positivo, di amore verso i luoghi della propria vita, che accarezza le ore e gli istanti vissuti. Così pensavo, lasciato Fondamento alle spalle, al volante, lungo la strada che il fiume fedele accompagnava correndo alla pianura.

Quel nastro d'asfalto, che piacevolmente ora mi veniva incontro, mi ricordava ad ogni scorcio momenti vissuti. Portava alla mente la fatica di un tempo, quando, le mani al manubrio di una vecchia Ligie rapporto fisso, mi richiedeva lo sforzo sui pedali, nelle salite di Vergato e Marzabotto.

Ora il ritorno era piacevole, in macchina, con la silenziosa presenza, poiché assopita, sul sedile accanto e i piccolini, una testina bionda ed una mora, anch'essi addormentati, dietro. Quella strada, percorsa in tante stagioni diverse della vita, da ragazzo e da giovane ai tempi del Liceo e dell' Università, si andava snodando, sul filo dei ricordi, col paesaggio e filari degli alberi che sfuggenti fiancheggiavano i lati della strada.

Il filo conduttore dei miei pensieri veniva spesso

interrotto dalla visione di luoghi che mi ricordavano momenti già vissuti. Un lungo rettifilo portava al promontorio della città di Misa. La città etrusca di Misa, con le sue vestigia affioranti in un erboso mare verde, ricca del fascino di un tempo infinito, aveva per noi, per me e per colei che ora mi stava assopita accanto, un significato assai particolare.
Ricordi Annina i passi senza meta lungo i tratturi erbosi tra le vestigia dell'etrusca Misa? La mia domanda muta non ti risvegliò; certamente un sorriso, pudico intenso, sarebbe apparso se tu avessi potuto ascoltare il pensiero della mia mente.
Tra quelle pietre antiche della città di Misa, che i secoli e i millenni avevan roso e irruvidito, e che infiniti tramonti avevano accarezzato nella dolce luce, tra quelle vestigia di una vita domestica di un popolo scomparso ancor presente che addolciva l'animo nell' immaginazione, ti misi un giorno nella mano un pegno.
Di certo un sorriso, a quel ricordo mi avresti corrisposto. E' facile richiederti un sorriso.
Così i miei pensieri fecero un altro balzo di molti anni indietro. Ricordi un giorno lontano di tanto tempo fa, quando di fretta una mattina, ricchi soltanto di spensieratezza, varcammo l'augusta soglia, un po' severa e un po' seriosa dell' Università? Forse ventenni, tenendoti per mano, tu mi seguivi, con la tua freschezza.
Fu proprio allora che il bidello anziano ci salutò: "Buongiorno bella coppia"

Ed ancor oggi, guardandoti nel viso, se dico: "Ciao bella coppia", rispunta il tuo sorriso; quel tuo sorriso, leggero e intenso, scrigno segreto di un candore prezioso.
Così piacevolmente vagava la mia mente, passando da un ricordo all'altro, mentre l'auto svolgeva quelle note curve della strada, dove un giorno di molti anni prima, passammo sposi, dismessi appena gli abiti nuziali. Anche allora guidavo una vettura con l'animo ancora compreso dagli affetti e dal viver quel momento unico della nostra vita.
La mia mente, allora, ancora andava assaporando le ore appena svanite e quel dolce canto, che ti portò all'altare, armonioso e lieve come l'incedere dei tuoi leggeri passi.
Non aspettammo la fine del ricevimento ed i commiati, ma ti rapii da quella festa, per portarti via, un poco di nascosto, forse per possesso, o per un misto di gioia e gelosia.
I matrimoni son quella discontinuità, nel fluire quotidiano del nostro tempo terreno, che danno impulso nuovo al vivere la vita.
Altri matrimoni, belli, di nostri amici cari, avevamo vissuto negli anni susseguenti.
La corsa della macchina aveva nel frattempo superato la località dove nei pressi si trovava la villa che un giorno accolse la festa nuziale di Massimiliano e di Valentina, figli di nostri cari amici. In quella villa, una finestra aperta sul bel panorama accolse gli sposi, i giovani sposi.
Lei, alta e bruna, dal viso ancora di bambina, e lui giovane e schietto, a lei riferimento.

Entrambi neo ingegneri, laureati da pochi giorni innanzi si erano affacciati al davanzale di quella finestra, lo sguardo lontano alla campagna assolata del pomeriggio estivo. Parlavano d'intesa, sereni tra loro, come sereni si può nel giorno delle nozze.
Si erano appartati dalla sala, dove il brusio e le voci e i dolci rumori erano il segno corollario della festa.
Quel loro dialogare, lo sguardo lontano, ai profili dei colli, era presagio di felicità ventura.
E i loro abiti eleganti della cerimonia coronavano e quasi esaltavano il vigore fresco e giovanile, che tutto apriva a potenzialità future, a volar nella vita e, quasi fossero una coppia di rondini festose, pronte allo slancio, in quello spazio e in quella vita che innanzi a loro stava …
Correva intanto l'auto lasciando l'Alto Reno attraverso gli abitati di Silla e di Porretta.
Se fossi stata sveglia, certamente Annina, mi avresti ricordato altri bei matrimoni, certamente il matrimonio di Rita, la cara Rita con il suo sposo dal nome quasi impronunciabile, Szabolcs.
Un matrimonio particolarmente ricco di atmosfera. Ballarono infatti tutta la notte a far festa agli sposi.
Quella gioventù, cosmopolita, numerosa e bellissima, che portava sui volti di ciascuno i colori dei paesi d'origine e delle terre lontane, il Messico, la Slovacchia, l'Oregon, l'Austria, l'Ungheria e l'Italia, ballò tutta la notte a far festa agli sposi, con le note di una orchestra tzigana.

E quel vestito bianco, a ruota, veniva da un tempo lontano, da una favola antica, che riviveva, così, su di lei, sposa fanciulla, nel volteggiare grazioso.
Oh quella notte, breve, d'incanto, che passò leggera, e svanì, per sempre, con la timida luce dell'alba, a baciar silenziosa, il panorama di Budapest...
Dolci ricordi, Annina, di momenti preziosi che arricchiscono il percorso ed il vissuto della nostra vita

Le vestigia nascoste della città di Misa

Acquaforte su rame. 205x235 mm. Morsura piana.

La breve corsa in macchina, con lei abbandonata ed assopita accanto, tra quei pensieri e sulla scia di quei ricordi, venuti in libertà alla mente, muoveva ormai al termine.
Mi accompagnava la visione ancora presente di quel cielo amico, pieno di stelle, visto la sera innanzi a Fondamento, che infondeva serenità nel cuore, con la sua immagine di una eternità percepita vicina e coinvolgente.
Assaporavo ancora la mia presenza silenziosa nei luoghi lontani dell'infanzia, e la corrispondenza di sentimenti con le persone care. Ripensavo ai colloqui muti con chi non c'era più, ai paesaggi ritrovati, che riportavano, presenti, momenti di vita trascorsa e lontana. Tutto infondeva nell'animo forza e desiderio di vivere e procedere ancor più vicini negli affetti alle persone care, agli amici di sempre, che potevo ritrovare nella città, assai vicina, e che mostrava laggiù sotto San Luca, all'orizzonte, le sue prime luci, a far pallida immagine a quella maestosa del tramonto.
Un desiderio di parlare agli amici, di tenerci uniti, mi spinse a scriver loro poche righe e quei pensieri che ci accomunavano nella vita.

Lettera a Giovanni, compagno di banco, di studi, di vita assieme e di monellerie

Ricordi Giovanni quell'aula pallida della scuola media Irnerio, e la schiera numerosa di ragazzini un po' smarriti?
Nei lunghi pomeriggi dell'inverno, le lampade al soffitto dalla luce fredda, vegliavano sui compiti e le interrogazioni.
Ed i vetri, alle finestre chiuse, mostravano, imperlati di vapore, il buio fuori della fredda sera.
Passavano giorni, settimane e mesi tutti uguali, ed indaffarati eravamo soltanto al quotidiano.
Veniva infine la stagione bella e le finestre aperte al sole accoglievano leggeri i fiocchi lievi dei pioppi della Montagnola, e la luce dell'estate era un invito alle vacanze, ormai vicine, un invito dolce, più dolce del profumo dei fiori degli alberi di tiglio che correvano lungo la strada, accanto all'edificio della scuola.
I ricordi sono ombre del tempo passato, che tornano agli occhi con dolce nostalgia.
Finita quella stagione lontana, quasi irreale, co perta dalla polvere del tempo, andammo al liceo, al Liceo Righi ... altre atmosfere, altri professori,

altra consapevolezza della nostra esistenza. Un lustro di vita, anni importanti, che rafforzano le amicizie per una vita intera.
Quante ore di scuola trascorse, accompagnate dalla luce del mattino che batteva sugli scrittoi dei banchi, momenti sereni o di apprensione, momenti scanzonati a volte di sapor goliardico.
Più che una scolaresca eravamo una classe di amici, tra loro solidali, tutta maschile, e forse per questo molto cementata.
Eravamo un corpo unico, tutti uniti, se c'era da gabbare qualche professore ... Ricordi le famose 'retroversioni' di latino che l'innocua prof di lettere ci assegnava tutte diverse, col chiaro intento di un lavoro genuino?
Con tutti i testi latini originali, eravamo perfetti come Seneca, Terenzio e Cicerone.
Si poteva notare, sul volto della prof, una sua malcelata intima soddisfazione per quegli alunni tutti così bravi.
Ed ancora, la cara anzianissima professoressa di scienze, che fu crocerossina giovanissima nel conflitto del 15-18, anche lei spietatamente raggirata così da estasiarla per la bravura di tutti quanti noi?
Di certo, Giovanni, ti ricorderai quell'episodio di sapore quasi deamicisiano tra Adalberto e Raffaele!
Alla fine dell'anno scolastico, Raffaele già sapeva di esser rimandato agli esami d'ottobre, in tre materie, italiano latino e matematica ... mentre Adalberto aveva voti belli e già pregustava la

promozione e le vacanze estive libere da impegni.
Ad entrambi mancava l'ultimo voto nell'interrogazione di filosofia, essenziale per non essere rimandati agli esami di ottobre.
Così, nell'ultima ora di lezione, la professoressa disse di aver tempo di interrogarne uno soltanto... potevano scegliere tra loro chi voleva farsi interrogare. Se Raffaele avesse aggiunto la materia di filosofia alle altre insufficienze, sarebbe stato bocciato e avrebbe perso l'anno.
Si guardarono un attimo in viso i due compagni.
Così Adalberto disse semplicemente: vai tu. E si lasciò rimandare in filosofia.
Lo ricordi Giovanni quell'episodio? Altri tempi ed altri professori.
Una classe di amici che la maturità scompose e destinò ciascuno alla sua vita.
Un sentimento di affetto, misto a nostalgia, mi prende ora al pensiero dei percorsi di vita di ciascuno di noi, e per alcuni purtroppo già concluso.
Eravamo la classe quinta C.
Le lunghe lezioni, le lunghe spiegazioni!
Ricorda bene, Giovanni, e non dimenticare: Capocchio e Grifolino, il colore delle calze di Lucia Mondella, ricorda Malebranche e tante cose ancora, ricorda Sant'Agostino maltrattato dalla professoressa di filosofia.
Ricorda ancora la lettera a Monsieur Chauvet! che 'buca' facemmo quella volta assieme io e te.
Durante le ore di lezione ci facevamo spesso

compagnia con intrattenimenti vari ... Venisti un giorno in classe con un quesito nuovo: quante combinazioni diverse si possono fare con un certo numero di oggetti scambiandoli tra loro ?
Quel gioco ci appassionò per qualche settimana; non sapevamo di muovere passi in un terreno noto e già esplorato, ossia il calcolo combinatorio. Ritenendo di applicarci ad un gioco puerile, non ne parlammo, per un pudore errato, nemmeno al nostro professore di matematica che molto stimavamo.
Intrattenendoci sulle combinazioni di oggetti ed eventi, sconfinammo a parlar del caso ed inevitabilmente ci trovammo di fronte l'altra gran questione, quella appassionante della evoluzione.
Tal fenomeno doveva intendersi una trasformazione continua oppure una serie discreta di passi vicini ma tra loro distinti?
Caro Giovanni, ti rispondo ora, assai in ritardo; ma il tempo trascorso è un nulla di fronte alla durata della nostra amicizia.
Il segreto dell'essere è la discontinuità. Tutto è discreto, la materia, la luce, l'energia. Anche la realtà più immateriale che si possa immaginare ossia il filo conduttore dei nostri pensieri non ha uno svolgimento rigidamente continuo, ma procede per salti, fortunatamente.
Lo svolgersi del tempo e della vita sembra a noi continuo. Esso è invece in realtà una successione di eventi distinti, una successione di 'casi' che interrompono la realtà che ci appare erroneamente un fluire ininterrotto.

Il punto della discontinuità, il punto di frattura del continuo, è il momento prezioso, il segreto dell'essere.
Esso consente il movimento, la composizione, consente lo scaturire di cose nuove, che non erano prima. L'infinita varietà di forme di vita vegetale ed animale, può esser generata solo da una grande libertà di base, permessa dalla natura discreta dell'essere.
Così nello svolgimento del filo conduttore dei nostri pensieri, la rottura della consequenzialità permette la formulazione del pensiero divergente, che ha in sé la scintilla nuova.
E' quello che si chiama pensiero creativo, proprio perché contiene una novità che non discende da deduzione alcuna.
Se tutto fosse deduzione, saremmo allora fermi, vincolati a ciò che è già esistente, senza capacità d'innovazione, senza creatività.
Tutti i procedimenti logici, i sillogismi, le deduzioni, le induzioni, sono consequenziali, sono dentro il solco di un pensiero predeterminato; non c'è scintilla innovativa in essi.
La natura procede per salti, per gradini e si avvale dei punti di discontinuità, di frattura, come momento di libertà per generare forme nuove. Le specie rappresentano gradini diversi tra loro pur essendo a volte molto similari.
L'evento prezioso - ma purtroppo inesplorabile- sta proprio in quel nulla dell'istante della discontinuità. La discontinuità dell'essere è generata anche dal caso, ma ciò non lo fa autore di

quello che scaturisce da essa. Nei nostri pensieri innovativi vediamo l'impronta della creatività, ma non sappiamo nemmeno noi stessi come sia potuta scaturire la scintilla nuova.
Nell'essere vediamo un processo dinamico, una evoluzione fatta di passi discreti, di gradini.
Ogni giorno l'uomo scopre forme di vita nuove...
La natura si comporta come un prestigiatore un poco ironico, che si diverte ad estrarre - dal nulla - non si sa come, oggetti a non finire e lascia lo spettatore sempre più stupito, attonito ed incredulo. Nell'istante della discontinuità, Giovanni, sta il segreto del dinamismo della evoluzione. E avremo ancora modo di parlare di caso, evoluzione e del mistero che infinito avvolge.
Tieni frattanto a mente che siamo noi stessi, con la nostra intelligenza, con i nostri moti dell'animo, con la nostra raffinata capacità d'amare, oggetto di tale dinamico gioco di prestigio.
Oggetti estratti da un prestigiatore indomito.
Belli furono gli anni del nostro liceo!
Rivedo ancora la luce del tramonto, il giorno prima dell'esame di maturità; eravamo andati assieme per una passeggiata. Lunghi silenzi valevano più delle parole. Ci salutammo a Porta Saragozza, a pochi passi dal nostro Liceo Righi e l'Università, con la luce rossa del tramonto che esaltava il colore delle case nell'aura estiva della nostra Bologna.
Così l'esame di maturità disperse e sciolse la classe quinta C.
Ognuno per il suo destino, quasi tutti ingegneri,

un fisico, un veterinario, qualche dottore in medicina, due matematici e due fratelli gemelli, dottori farmacisti !
La nostra classe era particolare, come tocco della sua eccezionalità, sfoggiava due gemelli uguali uguali.
Per quanto uguali fossero, noi li distinguevamo bene (forse non altrettanto i nostri professori) per la loro diversa personalità.
L'unicità della persona è l'impronta che accompagna ogni uomo per sempre.
Non cambieremo mai dunque io e te, varcata anche la gran soglia, pronti a ricominciare col gioco dei cappucci delle penne stilografiche (ricordi quel giochino? Quello era davvero puerile e fece inquietare la prof di matematica) o cambiar gioco, come più ci aggrada.
Compagni di banco da sempre?
No, di più, compagni di banco anche per sempre.

Lettera a Maurizio, amico caro dall'infanzia,
e compagno di classe al Liceo Righi,
assieme a Giovanni.
Maurizio anche lui amico vicino,
per tutto il corso della vita.

Caro Maurizio, che fin da piccolo eri venuto nella mia prima casa, a giocare sul pavimento di mattonelle rosse, quel pomeriggio, all'Università, io ti guardavo con orgoglio, mentre sostenevi uno degli ultimi esami dell'ingegneria.
Non ricordo quale esame fosse.
L'aula era ad anfiteatro, coi banchi di legno semicircolari, degradanti verso il centro, dove tu sostenevi l'esame e quasi lo conducevi sulle domande di quel professore.
Bravissimo e sicuro come sempre. Fin dai tempi della scuola elementare, eccellevi nel gruppo.
Quella atmosfera bella e un poco malinconica che accompagnava anche la fine della goliardia, quell'istante irripetibile e prezioso per la sua unicità fuggente, il ricordo di quel sentimento di orgoglio per sentirci ormai prossimi al traguardo di ingegneri, li ho conservati e mi tornano in mente.
Scrivevi alla lavagna e ti voltavi verso il professore. Scorreva la tua mano con il gesso, e ti voltavi quasi a maggior conferma di quel che dimostra-

vi. In quei momenti ripensai a mio padre, che era stato il tuo maestro e che ti stimava per la tua bravura. Mio padre ti voleva molto bene.
Un sorriso intenso era sul suo viso, quando andava col ricordo a te, piccolino, vestito col grembiulino nero della elementare.
Andava col pensiero al tuo spirito, al tuo essere, al piacere che danno gli scolari cari e intelligenti.
E anche tuo padre voleva molto bene a me.
Mi paragonava ad un pane bianco e con le mani, nel gesto di spezzarlo, accompagnava, a me gradito, quel bel complimento.
Le nostre vite!
Percorsi affini e paralleli, di scuole, di svaghi e di prove d'esame vissute con tensione, e ancora di vacanze.
Vacanze a Rimini, Riccione, lettere e missive inviate per Colonia e Francoforte ...
Partite di basket al Liceo Righi, inverni freddi per le strade innevate di Bologna, incontro a te fatale lungo i portici, tra scolari infagottati di libri, con lei, bruna, fiera nell'aura e nel suo portamento, che di sfuggita intravvedesti appena.
Lunghe partite di scacchi nella bella Urbino vicino alla finestra che mostrava aperta i profili dei colli al Montefeltro; gran nevicata, sempre in Urbino, sotto i lampioni accesi nei pressi del monumento a Raffaello, tentativi di pesca sul Reno, ore a biliardo, o pomeriggi di studio intenso, trascorsi interamente a gettare una pallina di carta in un cestino per una sfida di basket singolare.
L'atteggiamento del tuo animo verso di me, di

una amicizia vera, mi ha sempre confortato, sei sempre stato una sponda sicura. L'amicizia è un ponte che si percorre nei due sensi.
Mi hai sempre difeso.
Mi hai sempre incoraggiato se ero insicuro.
Mi capivi profondamente e soprattutto la nostra amicizia era fondata su una stima reciproca, oltre che da una affinità di pensieri e atteggiamenti percepiti istintivamente. Mi sentivo apprezzato e stimato da te, sinceramente.
Mi hai sostenuto, senza saperlo, anche da lontano, quando eravamo già inseriti nel mondo del lavoro. Bastava ricordare la serata e l'atmosfera dell'ultimo week-end passato assieme alle giovani famiglie, per lenire le angustie e le difficoltà infrasettimanali.
Una specie di un patto io ti proposi un giorno (eravamo ai tempi del liceo).
Restiamo uniti tra noi amici, quelli più cari, quasi un accordo forte di imperitura amicizia, per ogni evenienza della vita futura che si prospettava innanzi a noi allora.
La proposta ti riempì d'entusiasmo e di gioia.
Attraversasti la via Irnerio, per far ritorno a casa, con passo felice, gioioso come spensierato per la forza d'animo vincente.
Ed ora, Maurizio, che ti propongo un nuovo patto ancora, molto più grande, un patto eterno - perché non crederai davvero che un banale evento possa dividere Vittorio da Maurizio - vuoi aderire?
Deponi il gesso, non c'è da dimostrare.

Quante volte nella nostra vita abbiamo avvertito il mistero della nostra esistenza !
A momenti dolci di pause riflessive, seguivano momenti di gioia spensierata che per contrasto ci facevano riflettere.
Ricordi da ragazzi quella luna, che dietro nubi sfilacciate d'argento, nella notte, finita la partita affannosa di pallone, sembrava scivolare in silenzio, portando via con sé il segreto del mondo?
Per comprender il significato della propria vita, può esser sufficiente lasciarsi prender dal sussurro di una leggera brezza, simile a quella che increspava le acque dell'amato fiume a primavera.
Oppure catturare fuggevoli intuizioni, simili alle ombre di quegli argentei pesci che da ragazzi ci sfuggivano sfiorandoci le dita.
Anche soltanto un'intuizione inaspettata, può aprire d'improvviso la mente e l'animo alla certezza di aver afferrato il vero.
Un dilemma si respira in questi nostri tempi, ossia se questa realtà universale, infinita di spazi, di vita, di bellezze, di affetti e di amore sia frutto del caso o di un disegno intelligente. Questo è il dilemma, non c'è una terza via. Caro Maurizio, queste sono le 'corna del dilemma' da dover risolvere.
Basta comprendere quale è quella fallace!

Lettera incompleta a Giovanni e Maurizio

Amici cari, un po' ingegneri, quella dolce consuetudine del ventisei dicembre, che ogni anno ci riunisce con le persone care attorno all'ampia tavola di nitore e di amore imbandita, vestita a festa per le ore serene tutti assieme, dispone i nostri animi a ritrovare la silenziosa sicura corrispondenza dell'amicizia antica. Tra pause di conversazione e liberi pensieri interrotti dal via vai delle vivande e dall'attenzione amorevole richiesta dai bambini, trascorrono momenti di intenso, piacevole, calore di affetti.
Amici cari, un po' troppo ingegneri, per il prossimo ventisei dicembre vi vorrei parlare, forse riuscendo a ingarbugliarvi, scherzosamente, ancor di più le vostre le idee.
Quante volte, specialmente nell'età più tenera, quella della adolescenza, ha sfiorato il nostro animo il mistero silenzioso e muto della nostra esistenza!
Non è l'innamoramento per la bellezza del mondo che può aiutarci a comprendere; nemmeno la constatazione della perfezione infinita che inve-

ste tutta la realtà, dalle strutture atomiche alle meravigliose forme di vita. Non è nemmeno l'osservazione dell'immensità dell'universo, dove si perde e si smarrisce il nostro pensiero, ad indicarci il perché della nostra esistenza.
Grande è il punto interrogativo che si pone innanzi a noi.
C'è tuttavia un aspetto della realtà che attira l'attenzione.
L'intelligenza umana è affascinata dal fenomeno della evoluzione ed in particolare è l'aspetto della sua dinamicità ad incuriosire l'attenzione.
Osservare un fenomeno, nel suo divenire, può facilitare la comprensione delle sue cause promotrici, così l'evoluzione è un fenomeno importante per tale aspetto.

Contro le leggi fisiche, apparentemente.

Amici cari, noi non abbiamo nemmeno la sensazione della immensità del tempo che ci ha preceduto in questa nicchia accogliente del tempo presente.
Non pensiamo e non abbiamo cognizione della realtà remota di questo nostro pianeta terra, che inizialmente era una sfera infuocata di ceneri e rocce di lava fusa, in uno stato di massimo disordine, in uno stato di sterilizzazione totale, senza vita.
Ora vediamo che da quel disordine iniziale, si è generato un ordine che si esprime in infinite forme di vita perfette, del quale noi stessi siamo prodotti attivi.
Tale fenomeno sembra contraddire le leggi della fisica, che conosciamo bene, e che ci dicono che tutte le trasformazioni che avvengono nell'universo seguono un principio ineluttabile, ossia iniziano da uno stato concreto di ordine per finire sempre in uno stato finale di maggior disordine.
Tutto si degrada, tutto muore, tutto passa, c'è sempre una perdita di rendimento nelle trasfor-

mazioni, con un passaggio dall'ordine al disordine.
Inoltre tutte le leggi fisiche, quelle note e quelle ancora ignote, non si contraddicono mai tra loro. Possiamo esserne certi.
Nell' universo non esiste contraddizione.
L'apparente contraddizione con l'andamento della evoluzione si risolve in modo necessario e un po' lapalissiano; la materia, ossia la fisicità risponde alle leggi della fisica, appunto.
La vita è un'altra cosa, è su un altro piano, incommensurabile col primo.
Evidentemente quello che i nostri occhi vedono e constatano, ossia questa 'bella famiglia di fiori e di animali', non è una trasformazione secondo le leggi della fisica, non è governata dalle leggi della materia.
Si potrebbe allora ipotizzare, per essa, un altro tipo di trasformazione, una trasformazione asimmetrica, di genere diverso dal fisico, una 'trasformazione evolutiva', una trasformazione 'vitale' che molti pensano sia guidata dal caso.

Il caso, evento necessario ma non sufficiente.

Nel pensiero di molti l'evoluzione è pilotata dal caso. Il caso rappresenta il momento di discontinuità, il momento di frattura della continuità ed è quindi certamente l'evento prezioso di libertà per la composizione del nuovo. Il caso dunque è un evento necessario. Il caso non ha memoria. Questa affermazione è facilmente constatabile lanciando un dado o una moneta alcune volte.

I risultati che si ottengono non sono correlati all'uscita precedente, perciò si dice che il caso non ha memoria.

Ma se lanciassimo molte volte quel dado o quella moneta vedremmo che i risultati tendono a compensarsi. E tanto più alto è il numero dei lanci, tanto più i risultati tendono al pareggio. Ad un pareggio sempre più spinto.

Questo vuol forse significare che il caso ha invece una memoria ferrea che tiene conto di tutto il precedente?

No, il caso non ha memoria, ma è meglio definibile come 'contraddizione perfetta'.

Questa nuova definizione è più calzante e appropriata ed è più corretta della precedente perché vale più in generale. È valida per i piccoli e per i grandi numeri.
Questa nuova definizione ricopre la precedente, è più estesa e la comprende.
Una definizione che vale più in generale è una definizione che va più in profondità nella natura di ciò che definisce.
Dunque la vera natura del caso è questa appena individuata.
Pertanto il caso, 'contraddizione perfetta', non può essere il pilota, il regista della evoluzione che invece non si contraddice mai. L'evoluzione non torna mai sui suoi passi ed è invece perfezionamento, affinamento e finalità perfetta.
Pertanto il caso non può generare l'evoluzione, così come, allo stesso modo, la materia inerte non può generare la vita.
Questa idea, per la quale la vita si generava dalla materia inerte, era una credenza radicata nella mente già dell'uomo primitivo. Questa convinzione, quanto mai verosimile, era suggerita all'uomo dalla quotidianità, poiché vedeva sorgere bachi nelle farine, vermi nelle carni putride, lombrichi e rane nel fango delle paludi.
Questa convinzione era sostenuta già dai filosofi dell'antica Grecia, ed accolta da grandi scienziati dell'età moderna.
Oggi questa idea, che la vita possa generarsi spontaneamente dalla materia, ci appare in tutta la sua infondatezza.

Luigi Pasteur mise fine a questa discussione tra i fautori della antica credenza e coloro che vi si opponevano.
Con un procedimento che convinse subito anche gli 'spontaneisti', tanto era chiara la sua dimostrazione, Luigi Pasteur dimostrò che la generazione spontanea è un *fenomeno che non esiste!*
Non ha quindi nemmeno significato chiedersi se con infiniti tentativi si possa verificare l'evento che dalla materia si generi spontaneamente la vita, poiché è un fenomeno che non esiste!
Luigi Pasteur donò all'umanità un dolce sussurro di verità, dal significato profondissimo poiché dimostrò così che la vita nasce solo dalla vita.
Si potrebbe aggiungere, con entusiasmo, che non solo la vita nasce esclusivamente dalla vita, ma anche la bellezza dalla bellezza, l'amore dall'amore, la perfezione può derivare solo da una perfezione che le sta a monte.
L'evoluzione, peraltro, ci presenta perfezione infinita ...
Il caso dunque, cari Maurizio e Giovanni, non è il regista, non è l'autore della evoluzione.
Non si parlerà più del caso artefice di tutto. Esso è solo il veicolo, non è il pilota, il conducente.
È dunque necessario, ma non sufficiente.
E altresì non si cercheranno più anelli di congiunzione tra specie e generi per quanto simili, poiché sono passi discreti di una realtà discreta, di una evoluzione fatta di stadi discreti, scanditi dal caso ma non pilotati, non guidati da esso.

Stelle comete, marziani e panspermia

Il mistero di come è apparsa la vita sulla terra è impenetrabile.
Con gli strumenti della logica, la ragione umana non spiegherà mai come è sorta la vita sulla terra partendo da uno stato di massimo caos.
Quando il problema è di difficile soluzione, l'uomo tende a rimuovere il problema stesso, a cercare alibi.
Così di fronte alle difficoltà di spiegare il sorgere della vita sulla terra, alcuni ricercatori propongono la soluzione che essa ci sia stata 'regalata' da Marte mediante materiali sfuggiti per impatto dal pianeta rosso e approdati sul nostro.
Occorrerebbe allora chiedere come sia sorta la vita su Marte. E se non sia venuta a sua volta da Giove. È inutile tentare di sfuggire al problema, crearsi degli alibi.
Simile a questa vanno di moda altre teorie che suppongono stelle comete portatrici di materiale organico sulla terra. Materiale dalla composizione chimica complessa, amminoacidi oltre a calcio, ammoniaca, ferro e un po' tutti gli elementi

che troviamo nei corpi viventi sulla terra. Questa specie di fecondazione che proviene dall'universo, va sotto il nome ben coniato di panspermia; un nome un poco truffaldino, poiché già nel titolo si postula la conclusione.
Dunque questa materia che arriva dallo spazio sulla terra, una materia chimicamente evoluta, -ma che non ha in sé la vita - 'in qualche modo', non si sa bene come, 'forse per caso' e per infiniti tentativi, darebbe origine alla vita. Ossia la vita scaturirebbe, ancora una volta, da una generazione spontanea. L'idea così ben radicata nel cuore dell'uomo della 'generazione spontanea' continua a far capolino nelle menti del XXI secolo. Le teorie di una vita terrestre importata da altri mondi, deve inevitabilmente passare attraverso il fenomeno della generazione spontanea, che non esiste.
La teoria della panspermia è soltanto un alibi, così come è un alibi l'idea che il caso sia il regista della evoluzione. Fa tutto il caso e ci toglie il problema del come.
È un alibi che le cose si facciano da sole, che basti un calcio d'inizio e poi tutto vada da sé.
Così amici cari, il problema ritorna al punto di partenza. Come si è generata la vita sulla terra? Chi muove il fenomeno della evoluzione? I dubbi permangono tutti, riportati però su binari più corretti, senza sbandate fantasiose. Vi avevo promesso di ingarbugliarvi un po' le idee .... Così vi lascio ai dubbi, intatti, senza scalfitture
Un equivoco simile alla generazione spontanea e

che può sviare la mente dell'uomo, è il concetto di 'materia vivente'.
Esiste la materia. Esiste la vita.
La materia, ossia la fisicità, ha le sue leggi, le leggi della fisica appunto e delle scienze in generale, che conosciamo bene (quelle che conosciamo). La vita è tutta un'altra cosa, sta su un piano diverso. È errato cercare di applicare le leggi della fisica alla vita.
Vale la pena ripetere che le leggi della fisica ci dicono che tutte indistintamente le trasformazioni che avvengono sulla terra e nell'universo, passano da uno stato iniziale concreto di ordine, ad uno stato finale disordinato con una relativa perdita di rendimento.
La vita invece ci mostra che da uno stato iniziale di massimo disordine (poiché così era su questa terra) si va verso stati sempre più ordinati, senza perdita di rendimento, organizzando sempre meglio la realtà, facendola arrivare ad essere realtà pensante, realtà che ama, realtà che possiede in sé la bellezza. La bellezza infatti è in noi, non è una qualità delle cose osservate. La bellezza è in noi; la proiettiamo sul mondo ed essa ci torna riflessa come in uno specchio.
Poiché la mente dell'uomo, con un comportamento proprio della vita stessa, non smette mai di ricercare e costruire, per cercar di avvicinare il mistero della vita, possiamo metter in campo l'ultima risorsa, il vertice più alto e sensibile della nostra ragione, la nostra intuizione.
E poiché nell'intuizione c'è una ricerca onesta, in-

tima e personale, con fiducia vi lascio al dubbio.
Il dubbio infatti è il sentiero che porta alla verità, il dubbio è indispensabile.
Senza il dubbio c'è solo acquiescenza. Con esso, invece, si riesce a guardare il mistero della vita con occhi nuovi.
Ricordate quei sentieri tra i boschi? Il dubbio è come uno di quei sentieri che da ragazzi ci conducevano, silenziosi tra gli alberi, a scoprire con occhi nuovi angoli di bosco inesplorati.
Poiché la ricerca della verità è una cosa flebile, un sussurro, un'intuizione, è un colloquio con la propria coscienza, qui vi lascio e si interrompe il mio colloquio con voi.

Oltre il tempo

L'età serena della vita, che permette di guardare a tutto il proprio passato, agli episodi e agli affanni vissuti, ai successi conseguiti come dall'alto di un osservatorio privilegiato e distaccato, è l'età più bella di tutte.

Si vive la gioia dei propri pensieri e la soddisfazione più intima che dà la nostra mente.

Non ci sono più rincorse.

Si può assaporare la dolcezza del tempo che scorre quasi in un limbo, tra passato e futuro che attende.

I sentimenti di gioia, di amore e di dolore non sono realtà fugaci; non si estinguono col loro placarsi. Rimangono per sempre, nella memoria del tempo. Rimangono veri e immutati, realtà immateriali e non più corruttibili

Il volo delle rondini
allieta i miei pensieri.
Ripenso alla mia vita
un volo assieme a te.

Nel bosco,
il richiamo lontano,
del cuculo,
ha ravvivato nell'aria
la presenza e il profumo
struggente di te,
come la brace
riaccesa dal vento.

Il candore del tuo spirito
il candore di te,
mi presero un giorno
in un tempo lontano.
E ancora mi segui,
docile e amorosa
col tuo incedere lieve,
quasi di bambina.

Ricordo giovanile di un sogno,
dolce,
di una malattia.
Malattia d'amore.
Labbra di febbre
nella fantasia di un bacio.

Natura morta con agli

Acquaforte su rame. 190x140 mm. Morsura piana.

Un incontro imprevisto con una 'vecchia fiamma'.
Gli episodi della quotidianità favoriscono a volte il riapparire di sentimenti profondi, come una fiammata che si rinnova snella in uno slancio inaspettato ...

La incontrai per caso una mattina, inaspettatamente,
per le vie di Roma.
Fu la sorpresa più fresca!
Elettrizzante.
Uno scambio reciproco di gioia, fatto di sguardi
ridenti, illuminati, mi risvegliò quella passione nota.
Ma era lei che qualche ora prima mi aveva preparato
il caffè della mattina.

Tu che mi sorridi
per farmi sorridere,
quando il tuo cuore
è più triste del mio,

tu che mi consoli
per darmi pace,
quando è il tuo animo
più smarrito del mio,
resta ancora,
a intenerirmi l'anima.

Il cammino della nostra vita è scandito dai passi della quotidianità, tra intuizioni dell'anima e verità nascoste.
Il mistero dell'essere appare irresolubile, ma proprio i dubbi e le incertezze rappresentano il momento fecondo della ricerca, il momento prezioso della intuizione che saggia l'incognito.
Il dubbio è lo stato necessario per il progredire.
I passi che dipanano la nostra vita sono soltanto un dolce e ripetuto invito a comprendere.

Ore della notte, lunghe, come il tramonto vago
e solitario oltre l'orizzonte, di una stella senza nome.
Silenzio che avvolge.
E l'anima un poco assapora, l'ignoto futuro,
di un mistero, dolce, senza fine.

Lidi senza nome, fuori dal tempo,
fuori dallo spazio.
Tutta la vita è un cammino
da compiere con passi misurati.

Un temporale cupo, ormai vicino, mostrava livide nubi, sul mare chiaro, divenuto smeraldo, e un trepido stormire di fronde, alla riva, intimoriva l'attesa.
Ma la candida eleganza di un gabbiano, simile all'anima che ha compreso il vero, volava placida e sicura, nel volteggiare lento e bello, a vincer la tempesta.

Ancora i nostri passi assieme su lidi senza nome
e senza tempo.
Nostalgia di futuro ancora con te.

Passi sereni, sulla battigia accogliente e sabbiosa, dove
le orme leggere svaniscono al bacio leggero del mare.
Spume bianche, ricorrenti e festose nel vento leggero
dello spazio infinito.
Assieme volammo a sfiorare la vita; come le orme
le nostre presenze.
Nostalgia di futuro, ancora con te.

Ritornare in silenzio, da solo, in incognito, senza turbare, quasi con rispetto, nei luoghi e nei boschi che serbano ancora la magia dell'infanzia, è come abbracciare tutta la gioia della propria vita in un sol momento. L'animo si illumina e la ragione è muta.

La pace della sera ormai vicina,
era silenzio nell'animo e nel cielo.

E la luce riposata del tramonto
baciava i tronchi dei castagni antichi;

mostrava nubi coronate d'oro
laggiù lontano all'orizzonte.

E il cielo puro rispecchiava l'anima,
forse era gioia.
Capir senza parole.

Padre, sponda sicura ai figli, fermo e comprensivo, mostrava loro la via della rettitudine con la semplice quotidianità della sua vita.
In quella casa piena di luce e povera degli anni del secondo dopoguerra, impreziosiva talvolta le ore serene canticchiando sommessamente gradevoli armonie.
L'impegno silenzioso al suo tavolo di lavoro, i racconti delle sue giornate lavorative, le conversazioni a sera, il clima che sapeva creare in casa e la sua presenza rasserenante, facevano della famiglia un caldo focolare, un nido protettivo.
Di lui tutto era caratteristico, la bella fronte pensosa, gli occhiali di tartaruga che attenuavano l'azzurro del suo sguardo, il movimento ponderato della mano, su gli scacchi, sotto la luce chiara, o su i fogli e le carte del suo lavoro, l'indice ambrato dalla nicotina, il filo di fumo della sigaretta accesa abbandonata al portacenere, diritto e fermo, come il suo pensiero intenso.
Il suo rientro a casa, a sera, era un momento atteso ed importante, quando compariva sull'uscio di cucina dove la cena approntata riempiva di vapori il caldo ambiente.
I suoi figli conoscevano tutto del padre, poiché la madre parlava loro diffusamente di lui e del suo grande bene che voleva loro; raccontava della determinazione e della sua tenacia negli studi per affrancarsi dalla prospettiva di una vita umile.
Lei raccontava anche di cose minime, e tuttavia preziose, ricordava il suono delicato del campanello della bicicletta di lui, quando andava

ad incontrare colei che avrebbe preso in moglie.
C'erano a volte racconti che catturavano alta l'attenzione dei fanciulli su episodi di vita vissuta, di pericoli per la vita, nei tempi di guerra, di peripezie superate, di fuga dalla prigionia.
Era motivo d'orgoglio ai figli sapere il padre stimato da tutti i suoi scolari e da tutti suoi colleghi.
E non meno importante era la qualifica di maestro nazionale di scacchi.
La sua esistenza si era fatta tranquilla e serena e piena di soddisfazioni nella seconda parte della sua vita, e le battaglie passate erano ricordi acquietati, come nuvole immote all'orizzonte in un vespro sereno.
La sua dipartita colse di sorpresa.
Non fu dolore, ma soltanto amore che si manifestava incontenibile, che si rivelava per quanto grande e profondo era.
Erano lacrime di amore, non di dolore.
Nel momento dell'abbandono si avvertì tutta la sacralità di quel compimento ineluttabile, così l'ultimo suo insegnamento ai suoi cari, fu quello di far toccare loro con mano il senso dell'eterno.
Un insegnamento supremo.
In quel momento si visse un istante di chiarificazione.
Si capì, si intuì, non ci furono dubbi.
Si può piangere, per troppo amore.

Padre, che d'improvviso diventasti
un bambino indifeso,
il tempo ti prese per mano
in quel giorno pieno di sole,
col cielo d'azzurro infinito.
La mia pietà ti cullò piano piano
Volevo dirti il mio amore profondo.
La mia mano ti cullò
piano piano, a proteggere
il tuo nuovo cammino.

Gli oggetti, le suppellettili e tutte le cose che corredano la vita quotidiana e che sono appartenute alle persone nel corso della loro vita, sono come memorie tangibili e vive di coloro che non son più.
Quasi un alone di sacralità è in quegli oggetti, come se ancora potessero racchiudere qualcosa, un profumo, un'impronta di chi li ebbe per sé.
Ritornavano vive le ore e i momenti di quell'uso quotidiano che di esse fu fatto nel piacevole scorrere della vita …

La piccola tavola di noce,
familiare per la consuetudine
domestica dai giorni dell' infanzia, con le venature
del legno accarezzate nei giochi di bambino,
era allo sguardo una presenza di malinconia.
Su quel tavolo ancora presenti le ore serene
del tuo lavoro chino.
E le note natalizie, tristi, del carillon, scandite
nel silenzio vuoto della casa, si spegnevano,
lentamente, poco a poco.
Senza fine.
E acuivano la mancanza infinita di te, papà.

Madre dalla saggezza antica, madre, dal sorriso di madre, che in un grembo d'amore, discreto, avvolse tutta la mia vita, tra le sue braccia è il ricordo, di me, bambino assopito, il capo reclinato al petto, a percepire lontano, indistinto, il suono delle sue parole, così gradito come il seguitar del sogno.
Sempre così sicuro è stato il porto del suo materno affetto.
Ed ancor oggi ella mi regge, seppure da lontano, con l'essenza del suo essere, con il suo viso caro, i suoi consigli e le parole note, così l'affetto ed il vissuto assieme, sublimano, oltrepassando il tempo a diventar dolci preghiere.
L'ultima volta che le fui vicino, le sussurrai una parola breve, che conosceva bene.
Era una parola, di una preghiera serale, che lei bambina recitava con la madre, prima di un sereno riposo, sui morbidi materassi di piuma, al buio, nella quiete del casolare in silenzio.
Era una parola di augurio, di nuova vita ancora.
Così quella fu l'ultima parola che le dissi, e che lei recepì, e che ci mise in contatto di spirito, prima che i miei passi mi allontanassero da lei.
Oh, se avessi potuto immaginare, quella sera, che i miei passi, lungo i corridoi lucidi dell'ospedale, già in penombra, le luci soffuse per una nuova notte ancora, di pietà silente, mi allontanavano per sempre dalla sua presenza fisica, per sempre!
I miei passi con mia madre ...
Dolce ora il ricordo di quando piccolo, molto pic-

colo, lungo i campi dove le cime alte del granturco facevan da orizzonte al cielo, lei mi conduceva per mano, scalzo, sulla gradevole polvere bianca della cavedagna, intiepidita al sole, e che le ruote ferrate dei carri avevan reso morbida come talco, in un tramonto lontano, indefinito, delle nostre vite.

Sei andata a una festa lontana,
lasciate per sempre le fatiche terrene.
Via dalla polvere turbinante del mondo,
dalle cure estenuanti di madre,
dalle tempeste paurose di guerra.
Lontane le ore felici,
assieme ai tuoi cari che copristi di oro.
Ti ha lambito fuggevole il vento,
ed ora, serena, come sempre, mi attendi.
Tu, che conosci i miei giorni futuri,
così mi sussurri, in silenzio, nel cuore:
non temere mio figlio, vedrai!

Note

Note

Finito di stampare
nel mese di Marzo 2011